【純園組詩】 134
烏心石—樟樹—櫸木—黃連木—
毛柿—台灣肖楠—台灣土肉桂—月橘

第四章 種樹，莫一窩蜂亂種 150
讀詩〈我心憂懷〉 152

第五章 預約一片綠蔭 182
讀詩〈土地從來不屬於〉 184

第六章 為下一代種樹 200
讀詩〈與樹約定〉 202

第二部 相約來種樹

來，種下生命中的第一棵樹 216

第一章 十個常見的錯誤種樹問題

- 錯誤一：先工程，後植栽 220
- 錯誤二：地表水泥化 222
- 錯誤三：樹下設花台 224
- 錯誤四：土壤硬化 226
- 錯誤五：以單一植穴來種樹 227
- 錯誤六：根部包尿布 228
- 錯誤七：不當支撐 229
- 錯誤八：不當修剪 230
- 錯誤九：空間過小 232
- 錯誤十：粗暴移植 234

第二章 種樹十堂課 236

- 第一堂：樹要種在哪裡 236
- 第二堂：樹從哪裡來 241
- 第三堂：培育盆苗 246
- 第四堂：整地備土 249
- 第五堂：落土種植 252
- 第六堂：日常照料 256
- 第七堂：如何修剪樹木 262
- 第八堂：解決蟲害和藤蔓問題 267
- 第九堂：移植樹木 270
- 第十堂：大面積造林 278

附錄 台灣原生樹種──種植與照護資訊速查表 283

第一部 吳晟與樹

相約，一起來植樹
向每一株散播希望的樹苗致謝
向青翠的未來承諾
我們會細心看顧、親密陪伴
傳給一代又一代

——吳晟‧〈與樹約定〉

採寫／鄒欣寧 攝影／許斌

第 1 章

他是樹的孩子

我不和你談論

我不和你談論詩藝
不和你談論那些糾纏不清的隱喻
請離開書房
我帶你去廣袤的田野走走
去看看遍處的幼苗
如何沉默地奮力生長

我不和你談論人生
不和你談論那些深奧玄妙的思潮
請離開書房
我帶你去廣袤的田野走走
去撫觸清涼的河水
如何沉默地灌溉田地

我不和你談論社會
不和你談論那些痛徹心肺的爭奪
請離開書房
我帶你去廣袤的田野走走
去探望一群一群的農人
如何沉默地揮汗耕作

你久居鬧熱滾滾的都城
詩藝呀！人生呀！社會呀
已爭辯了很多
這是急於播種的春日
而你難得來鄉間
我帶你去廣袤的田野走走
去領略領略春風
如何溫柔地吹拂著大地

——吳晟・一九八二

樹的智慧

一九四四年在台灣彰化溪州鄉出生的詩人吳晟，今年七十二歲了。

七十二歲，在一般人看來，毫無疑問是個老人了，但這位老人家，將他最新完成的詩集命名爲「他還年輕」。

年輕與年老，這兩個相對的概念如何區別？怎麼計算？每個人心裡自有丈量的尺度，有人說肉體衰敗就是老，有人認爲心境才是鑒別一個人眞實年齡的重點。不過，說來說去，這些說法最終都跳不開人類的視角和侷限。

這麼說吧，以台灣人平均可活八十歲的統計數據來看，吳晟確實被劃分在高齡的區帶間。但是，被叫做「台灣」的土地上，並不只有人類在此生活。倘若把所有物種的平均年齡攤算列出，七十二年，豈止是「他還年輕」？已經存活數百數千年的生物們，聽了恐怕都會發出老者特有的笑聲，那股低沉寬厚、溫暖包容的呵呵聲，若是引起了土地的共鳴，恐怕人類還會誤認爲發生地震呢。

是啊，我們大多數人，特別是生活在這片土地上的人，終究不懂得體會土地和其他生物對我們的厚待。我們習慣用單一、自我的人類目光觀看和理解，於是颱風永遠被解讀爲天災，而不是爲亞熱帶乾旱氣候島嶼引入重要水源的氣象；海洋是隔絕島國與外界聯繫的障礙，而不是帶來溫暖洋流、充滿多樣生態的水域。森林呢？只有颱風來時，人們會想起島嶼中央大片山脈的存在，親親熱熱地喚它「護國神山」，其他時候，森林代表的是：高山蔬菜、遊樂區，以及民俗藝品店的木雕、茶桌和家具。

我們沒有能力從森林想到樹。沒有能力想到，樹除了是木材來源，還是比人類更早在這裡生活的原住民。它們的平均壽命也超越我們所能想像。**百年對大部分台灣樹種來說，只是成年的起點。**

就拿我們常見的樟樹說吧，一棵樟樹至少可活五百年，在台灣，最長壽的樟樹在南投神木村，人類對它年齡的判斷，從一千五百歲到三千歲都有。另一種我們也算熟悉的榕樹，壽命可從兩百歲起跳；至於茄苳、毛柿、楓香，活個三五百年對它們而言都不是什麼了不起的紀錄。

許多文化都將年老等同於智慧。活在世上的時間越長，見識過的風景和人事變遷就越多。犯過的錯誤，記取的教訓，都會隨著生命長度不斷累積。按照這個邏輯，樹或許遠比人類更有智慧。

事實上，根據樹木學者研究，樹的確是善於記憶的生物。它們將記憶寫在年輪中，無論是新芽萌發、病菌入侵、外在環境的乾濕冷暖等變化，樹木都會一一翔實記下，銘刻在體內。它們累積了關於地球環境和氣候的歷史，以及在這些變遷中繼續存活下來的智慧。可惜對多數人來說，我們既無法理解，也不認爲需要知道這些樹的經驗。

但是，**對吳晟來說，活得越久，他越能深刻體認到，人類不能沒有樹。**

樹能不能在沒有人類的情況下生存？就算樹木不會說話，我們也可以從樹的演化史知道答案。遠在一億七千萬年前，地球上已有針葉樹存在。一億年前，闊葉樹——台灣平地常見的樹有百分之七十都屬闊葉樹——也開始出現。爲了活下去，活得更好，樹發展出光合作用等機制，吸收二氧化碳，轉化爲氧氣。地球上所有後來的生物，包括人類，可以說是託樹木的福，才得以持續生存。

樹可以沒有人類。但人類卻不能離樹而活。活到七十二歲，吳晟越發明白這道理，但環顧四周，生活中哪還有幾棵百年以上的樹木？別說老樹，連一般的樹木也不可得。明明六十幾年前，正當吳晟童年時，台灣的鄉鎮間還到處有大樹。那時，他生活中的大樹，不只有老者一樣的面目，更是重要的鄰人和玩伴。

那時，他還不知道，有一天自己會喟嘆不再有樹。有一天，自己會成爲一個爲樹疾呼、奔走，一個四處種樹，想像終有一天，眼前這些幼嫩小樹會比現在的自己更老，活得更久的人。

當那一天到來，吳晟的子孫會不會和童年的他一樣，喜歡在大樹底下玩耍？如果大樹對人類有感，它們會不會從那些年輕孩子的身影中，依稀辨識出當年栽種它們那人的模樣？

當我們年輕時

當我們年輕，甚至還幼小的時候，對世界的認識經常是含糊、曖昧的。我們不見得理解事物的名字，它們如何構成，和我們的關係是什麼，但身體和慾望會引領我們直接與它們發生關係，而那些過程和體驗，有時就這麼停留在我們的身上和心裡，緩慢地，有形或無形地，把我們變成現在的模樣。

吳晟愛樹，和他年幼時的樹木經驗有密不可分的關係。

「以前我們玩的東西很多，都是來自於樹啊，竹子啊，這些自然的東西，保證天然、乾淨、無毒」。吳晟口中的從前，是一九五〇年代左右，那時的小孩是沒有手機、IPAD，也沒有玩具反斗城和大賣場可去的。但是**沒有哪個小孩會為了沒東西可玩而憂慮，因為天地間任何造物都能充當玩具、拿來遊戲**，前提是，你找得出它們在哪裡，以及有源源不絕的想像力和創造力。

「就拿樹來說吧，小時候我玩樹的經驗多到數都數不完！」說起童年回憶，雙眼霎時閃閃發光的吳晟問我們：「有些樹葉較大片的樹，像是玉蘭、桃花心木，你們猜看看，它們的樹葉可以拿來做什麼？」

這個不難，因為小學自然課老師也曾帶我們玩過，「我知道，是書籤吧！」

吳晟笑著點點頭，又問：「那你還記得怎麼做嗎？」

「嗯……記得是用藥水把葉子煮熱……」

「我們小時候沒有這些東西的喔，都是把葉子放在水溝……」

「那不是又臭又髒嗎？」

「以前的水溝和現在不一樣，是臭，但不髒，髒，但不毒，不像現在，很多東西看起來光鮮亮麗，但毒得不得了！」針砭完社會現況，吳晟繼續解說如何用水溝進行「懶人葉片書籤」的製作方法。原來，水溝裡的爛泥巴就是最好的幫手，裡頭充滿各式各樣微生物，可以分解葉肉，僅留葉脈，比起在實驗室裡用藥水煮完葉片後，還需用牙籤細細剔除葉肉，一不小心還會破壞葉脈，這方法確實省力很多。

「不過要注意放的時間，我的經驗是放一週剛剛好，太快會分解不乾淨，放太久葉子會爛光。拿起來之後用清水沖一沖，放在太陽底下曬乾，就會變成漂亮的書籤了」。

除了書籤，吳晟的另一項得意之作是「樹液橡皮擦」，方法如下：

1 選擇樹液較多的樹種，如榕樹、橡膠樹。

2 拿一顆石頭往樹身敲（「要敲到韌皮部，就是樹木輸送養分的部位，樹液就是養分嘛……我敲的力道很準的」，說到這，吳晟搔搔頭補充：「但是這樣會傷到樹啦，所以現在不鼓勵……」），敲出汁液後，用黏土黏附汁液。

3 將黏滿樹液的黏土放入水中，黏土會散開，汁液則會凝結成團，風乾後就可以成為濃稠具黏性的橡皮擦。（吳晟再次補充：「這種橡皮擦做一個差不多要敲一下午的樹，但一次就可以用很久，雖然當時傷害了樹，但樹很快就恢復，跟環剝樹皮比起來，算是很輕微的傷……」）

曾經，人與樹如此相親

小孩能從樹獲得的樂趣，可遠遠不只這些。吳晟記得，從前台灣鄉鎮到處都是大樹，隨便問問哪個同代人，童年的記憶絕對少不了爬樹。男生爬，女生也爬。如果有人問：爬到樹上能幹嘛？會這麼問，大概連攀爬本身的樂趣都無法理解吧，或許也很難想像，光是在比地面高幾公尺的樹上看出去的世界，就充滿許許多多的驚奇。

「而且，就算從樹上摔下來也不算什麼，因爲都是泥土地，夠軟，我就常常摔，最多就是屁股『蹬』一下，不像現在樹下都是硬梆梆的水泥地，一旦摔下來就是硬碰硬，後果不堪設想。」

更何況，從前台灣不只到處都是樹，裡頭更有無數的果樹，龍眼、芒果、荔枝、楊桃、蓮霧……當時序從春入夏，天氣漸漸炎熱之際，不同的果樹輪流結實纍纍，別說小孩，連大人都難以抗拒爬上樹梢、在樹蔭裡大快朵頤的誘惑。

「而且，不只果樹可以吃，像是鳳凰木，連長長的果莢撥開來，種子裡頭有一層果肉也能吃，很Q！」鳳凰木果莢的滋味，想必令吳晟難以忘懷，因爲在他的散文〈親近鄉野〉中可以讀到他細細教導品嚐的方法：

……甚至鳳凰木的果莢，在成熟飽滿而仍青綠未變黑變硬之時，也可敲開其中的果實，取出胚乳部分來吃，甜軟可口，不只吃得不亦樂乎，在尋覓採食的過程中，更充滿了樂趣……

在那樣一個處處有樹的年代，不只小孩視樹如親如鄰，大人也一樣。「不管是眷村、鄉下、社區，大樹底下都有人群聚集，小孩就往樹上爬，在茂密的樹葉裡玩躲迷藏，或是觀察葉子和花苞，看看何時摘下來的花苞會開得最大朵。老人家就在樹下閒坐、乘涼，中年人呢，就來到樹下交流、聊天，有人也把家裡的牛牽到樹下遮蔭……」

從小到老幾乎未曾離開家鄉生活的吳晟，其實**在早年的創作中，就曾屢屢提及鄉親們與樹共生共存的「樹下生活」**，這些樸實、寫實的鄉情描摹，也讓他在台灣文壇佔有一席獨特而重要的地位，成爲少見的在地文學「耕寫者」：

每間店仔的門前，都植有一、二棵樹蔭濃密的大樹，大部分是種榕樹，尤其是在夏日的中午，樹蔭下更是坐滿了、站滿了休息的村民，一大群小孩子，則四處奔跑玩耍，非常熱鬧。

——〈店仔頭〉

我們的住家乃是舊式三合院的木造磚瓦平房，雖然並不富麗堂皇，卻頗為寬敞清幽，三合院內是水泥地曬穀場，曬穀場盡端連接一大片菜園，四時都有蔬菜瓜果，綠意盎然，後院則種了不少果樹，總計將近二分地。炎熱的春夏季節，果樹濃蔭垂及路邊，非常清涼，午後總有許多鄰居聚集在此乘涼，一些路過的小販，也常停下來休息，順便做點生意，又有一大群小孩奔來跑去、任意嬉戲，非常熱鬧。

——〈一磚一木莫非心血〉

說著說著，吳晟且還想起一件「怪事」：「你們看現代人在一起，經常講沒幾句就意見不和、起衝突，我就奇怪，怎麼以前的人每天在樹下聊天，都不會吵架衝突？大家都是聊聊農事、家務事，不至於講一講就『相歹』」。

或許是從前的生活、社會和人性都更單純吧，也或許，和樹、植物、自然緊密生活的族群，更容易保持心平氣和、與世無爭的態度。

「這是一種大樹文化，也可以說是一種自然而然的文化」，吳晟徐徐說道，「人類也是生物的一種，而所有生物都是跟自然環境密不可分、息息相關的。雖然人類因爲文明發展，慢慢離開大自然，走向人爲的水泥叢林，即使如此，人的內在仍潛藏著對自然的渴望，否則，爲什麼一到假日，這麼多人就往山裡、往大自然裡去？

「**自然，是生命潛在的母源**。我們常說『回到自然的懷抱』，就是因爲自然給我們猶如重返母親懷抱的感覺。」

青年詩人，以樹自擬

吳晟對樹的關注，自童年繚繞至今，不只化爲筆下的詩文創作，也綿延到他的日常生活和行動中。這樣創作與行動合一的「信念者」，在台灣並不多見。

其實，仔細爬梳這位七十二歲詩人的創作經歷，作品量並不算多，從十八歲正式發表詩作，截至目前他只出版過《飄搖裏》、《吾鄉印象》、《向孩子說》、《吳晟詩選》、《他還年輕》五部詩集，而翻閱他創作早期的詩作，可以發現，在成爲後來這個充滿鄉土情懷和行動力的詩人之前，他也曾走過所有詩人的必經之路——一個藉書寫表達內心浪漫、孤絕、抑鬱愁思的文藝青年。

對這樣的文藝青年而言，寫詩壓根不是爲了貼近現實，最好離現實越遠越好，畢竟，文學的國度本來就存在一片非常廣闊的區域，專門留給想遠離現實的人漫無邊際地奔跑、馳騁、打滾。

那麼，文藝青年吳晟當時都寫些什麼？讀下面這首詩時，請你不要太過驚奇。站在半世紀後的未來回望這首詩，與其解釋爲巧合或命運，不如說，詩人打從一開始，就爲自己幾乎精確地勾勒出人生去向和藍圖，只是他當時並未意識到。

而我是一株冷冷的絕緣體
植根於此
——於浩浩空曠

喧囂的繁華過後
總有春的碎屑，灑滿我四周
而我是一株冷冷的絕緣體
不趨向那引力

亦成蔭。以新葉
滴下清涼
亦成柱。以愉悅的蓊葱
擎起一片綠天

而我是一株冷冷的絕緣體
植根於此
縱有營營底笑聲
風一般投來

——〈樹〉．一九六三

將自己比擬爲一棵樹，且是一棵「冷冷的絕緣體」，當年僅十九歲的吳晟尋求孤高自外於人世的心境表露無遺。他擷取了樹抵抗地心引力、昂然挺立、不畏風吹、枝葉茂密等外型特性，再賦予這些特徵人性的形容，我們雖然不能得知這到底是哪種樹、哪棵樹，卻不會懷疑，年少的吳晟投射在樹身上的，是一種非常正向的認同。

這首名爲「樹」的詩，後來被吳晟選入《吳晟詩選1963-1999》中，並作爲開篇第一首詩，可以想見對吳晟來說，這首少作雖不能說成熟，卻格外有意義。我們試著問他，多年以後，當自己成爲埋首種樹、疾疾向世人呼籲樹木保育的愛樹人士，回顧這首詩時有何感覺？他只輕描淡寫笑說，「是啊，我那時候就開始寫樹了……」

以工筆深情記寫自然

「不過坦白說，若問我『樹』在我作品中佔的比例大不大？其實不大。確實，在我的詩裡有很多自然或樹木的意象出現，但它們比較是一種抽象的、詩意的存在，或是說，在早期的詩寫自然、寫樹，是為了呼應我的內在情感，而不是真的從生態角度書寫。

「後來，雖然我對自然環境是有留心，但是，更多心思是花在政治運動上。我們一整個世代都在對抗威權政治、爭取人權和民主，生態議題比較沒有注意，直到我年紀越來越大，環境惡化情況越來越嚴重，大概是二〇〇一年左右，**我更警覺到，必須快把力氣拉回來做生態保護，也才有更多針對樹的書寫。**」

所謂的「從二〇〇一年左右有更多樹與生態的書寫」，可以從《他還年輕》這本詩集的收錄時間看出端倪。《吳晟詩選》是吳晟前半生詩作的總結，而這個總結恰恰發生在二十一世紀來臨前夕。步入新的世紀，重拾寫詩的筆，吳晟筆下開始出現更多自然，更多的樹。在這個階段，樹與自然不再是模糊難辨面目、只為反映詩人內心情意的抽象文字——

靜穆聆聽鐵杉雲杉圓柏的年輪
訴說台灣島嶼最高峰的身世

聆聽一滴一滴雨水
溫柔撒落生生不息的大地
在島嶼年輕的體軀內血液般奔流

——節錄自〈一座大山〉．二〇〇一

箭竹、鐵杉、雲杉、圓柏，一如它們千百年來靜立於島嶼最高峰上，它們吸納陽光和水，充分生長，只展現自己的模樣，而不爲了彰顯誰的高潔風骨；

三兩天的匆促行腳
只是旅客的煙塵聒噪
也許我們應該學習安靜的山羌、水鹿
把腳步放輕、把聲息放緩
踩著和山脈一樣的步伐
聆聽、再聆聽

——節錄自〈一座大山〉．二〇〇一

山羌、水鹿的身影輕巧經過林間，儘管牠們已在這片土地繁衍無數世代，但當牠們的身影闖入文字，無論對詩或文學而言，牠們仍屬陌生的新嬌客，且是人類學習的對象；

數千年，比想像更遙遠
島嶼上最高聳處
雲霧繚繞、空氣濕潤而甘美
大鐵杉的芽苗才剛剛迸裂
雨燕、藍腹鷴、帝雉……往來穿梭

——節錄自〈大鐵杉〉．二〇〇一

一株存在千年的大鐵杉，也把一些嶄新的名字介紹給詩的讀者，它們是與鐵杉有密切依存關係的雨燕、藍腹鷴、帝雉，是攀附漫生的梅衣、松蘿、鳥巢蕨。相較於我們背得滾瓜爛熟，卻始終搞不懂究竟什麼模樣的枯藤、老樹、昏鴉，這些物種不點綴誰的孤寂，也不作爲象徵的背景，而是與我們一樣有名有姓有生命的存在。在牠們的世界裡，我們才是過客。

《他還年輕》中多處可讀到這些關於自然的記寫和頌讚。這些創作上的變化，也被文學評論家看見，給予非常正面的評價。二〇一五年，《他還年輕》獲得台灣文學的最高榮譽——台灣文學獎圖書類新詩金典獎，評審洪淑苓就提到：

「……另一方面，這裡面有對大的土地，如玉山、高雄等的描寫，但在字句上，我發現也有非常工整、很細微的物體或樹種的刻畫，在我印象中，之前吳晟老師比較不會做這麼細部的工筆畫，但現在感覺他好像拿著筆，一筆一畫地在描繪這塊土地的感覺。」

這樣的工筆，仰賴的是細膩長期的觀察。英國藝術評論家約翰·柏格在《觀看的方式》中是這麼說的：「再多的言語和擁抱，都比不上戀人的凝視」，能支撐起長期的觀察和深入凝視的，若不是**對自然近乎戀人一般的深情**，還會是什麼呢？

第2章
樹之殤

馬鞍藤——憂傷西海岸之二

長臂大勺的怪手
一公里一公里挺進開挖
島嶼優美的海岸線
歷經億萬年浪潮溫柔雕塑
正快速被切割

騰壺、花跳、燒酒螺、招潮蟹……
沼澤濕地洶湧的生機
倉皇走避不及
死亡的驚呼警鐘般響起
波濤起伏間
猛烈敲打無人聽聞的海岸

原生植被紛紛棄守
馬鞍藤也橫遭截肢斷軀
卻仍不死心
掙扎伸出細軟的不定根
抓住，隨時可能崩去的島嶼

在陽光依然照耀的清晨
延展綠色藤蔓
與惡臭毒水垃圾堆爭生存
綻放紫色小花
面向油污的海面
朵朵都像吹響誓言的喇叭
堅持為悲傷
留下些許希望的顏彩

——吳晟・一九九九

山林有難

若隨吳晟換上一雙戀人之眼凝視台灣自然環境，我們首先注意到的，恐怕會是一系列宛若浩劫的場景自漫長的歷史中浮現。

生態學家陳玉峰在九大卷巨作《台灣植被誌》中，開卷就描述台灣土地的開發，約從十七世紀西班牙人統治時有較多農業耕種開始，中國清朝設治後，平原地區在漢人移入下大幅拓墾，並在劉銘傳來台時首度設置伐木局，但是，台灣山林眞正成爲「林業」發展主角，是在日本殖民統治期間。

一九四五年，國民政府從日本政權接收台灣時，森林面積是兩百二十八萬公頃，來到二〇一五年林務局發表的統計數據，森林面積是二百一十九．七萬公頃，覆蓋率大約是百分之六十．七一。

從數據看來，我們似乎該慶幸台灣的山林面積相當廣大，似乎，也無須擔心砍樹過度的問題。但，一如前面所說的，龐大與渺小是相對且浮動的概念，當棲息在土地上的物種已經開始承受砍樹造成的後果，無論間接直接，我們就必須面對：是不是我們正成爲水溫逐漸變燙而不自覺的青蛙？

缺水。土石流。土地漠化。海岸線退縮。熱島效應。全球暖化。拜新聞所

腸，這些字眼我們都不陌生，甚至可說太過熟悉，熟悉到望之麻痺，彷彿它們只是一些媒體拿來威脅人們的形容詞，而不是對某些人釀成致命災害的現在進行式。

這些歷史和大數據，畢竟離我們的生活太遙遠。但，若讓吳晟來說，他會說，一切都是從我們不再到大樹下乘涼開始的。一切，是從我們離開樹下，閉縮在自己的房間，拚命賺錢再拚命用錢換回堆滿家中的物品開始的。

又一簇新起高樓

起初是電風扇，接著是冷氣。

還記得吳晟回憶中的吾鄉大樹嗎？從正午到黃昏，總有鄉民在此聚集，和數位時代在網路上酸言酸語的鄉民不同，樹下的人們為了乘涼而來，偶爾賭賭香腸和芋仔冰。從樹下探頭，就能看見調皮的孩童在樹冠間出沒攀爬。除了附生植物和寄居的昆蟲，人類也加入樹的生態圈。

「有電風扇之後，大家慢慢變成回到自己家裡吹電風扇，原本人與人的互動、一起休憩聊天的場景和氣氛就逐漸消失了。

「等到冷氣進入家中，就更糟糕，吹電風扇至少還不會緊閉門窗。當人人關起門和外界隔絕，人與人之間也跟著緊閉。這種自我封閉的結果，就是出現一堆『宅男』……」吳晟說，他並不認爲從前的生活一定是好的，但是，人畢竟是現實的，特別是務實的台灣人，當需要樹的理由不再，對樹的情感也慢慢消散。

樹木不再被需要的同時，人們也開始浮現新的生活需求。傳統的閩南或日式建築是落後的象徵，高樓大廈、水泥樓房等同文明和進步。「有土斯有財」也有新詮釋：**過去，土地因可耕可食而有價値，現在，土地有價，是因爲可作爲房地產買賣**。

「從八〇年代起，我寫的散文變多，其中有很多篇都在寫樹，但大部分都是對於砍樹、破壞環境的批判」，吳晟越說越憤慨，「你們能想像我在學校教室告訴學生要愛樹、愛護自然，結果學校對面一邊施工砍樹，是多麼諷刺的畫面嗎？」

在〈又一簇新起住宅區〉中，吳晟寫道，一九七〇、八〇年代，彰化溪州樹木最多的地方是台糖廠區。放眼望去，糖廠裡遍植許多美麗高大的樹木。

然而，在「巨斧交相揮舞，怪手肆意連根挖掘」之下，所有樹木「終於砍伐殆盡，一棵也不容留存」。

砂石、水泥、柏油層層覆下，再也望不見一株小草掙扎得出來，每一處可坐可臥可打滾，清脆柔軟、芬香沁人鼻息的草坪，再也尋不到蹤跡。一點點綠意，也無處尋覓。

一大片鳥鳴啁啾、清幽邃遠的林木，就此輕易毀棄。代之而起的，是一排緊挨一排、分隔成一小間一小間的鋼筋水泥樓房，倨傲緊迫地矗立。

滿滿的無奈，從吳晟筆端經由書頁，至今仍重沉沉流向讀者的眼簾和心中……

……數十年來遍植的林木，並不需要依賴人的照顧，仍欣欣然成長，濃蔭處處，清爽宜人，成為吾鄉青少年和附近居民，晨昏活動、中午休憩、夏夜納涼的最佳去處。

這幾年來，有人爭取在這裡設立大專院校，有人爭取建設大型工廠，也有人爭取成立公園，地方人士提出的建議，時有所聞。這所糖廠規模不小，佔地甚大，我知道不可能長此拖下去，無論作為任何用地，我只深切地期望：千萬盡量保留這些數十年成長不易的林木。……

於今我的憂慮果然成真，我實在納悶不已：非建造得如此密集不可嗎？繁榮就是連一棵樹、一株小草也容不得嗎？

簇新的水泥樓房一棟接一棟聳立，裡頭的房間如同彼此隔絕的蟻穴，回到巢穴的人們迫不及待開啓風扇、電視、冷氣，降低巢穴裡的溫度，把熱氣排到外面的街道。

挖山砍樹鋪水泥

與此同時，街道上的大樹以超乎人們想像的速度消失。用來蓋房子的水泥，從一九五〇年代起成爲台灣最愛用、最常見的人工建材，除了拿來蓋屋起厝，鋪設在路面上，人們覺得比塵土飛揚、下雨泥濘不堪的土地乾淨美觀多了。同樣難以照管的，也包括似乎不再「有用」的大樹。

在越來越注重效率的文明人眼中，樹木最主要的禍害有二，一是掃不完的落葉和枯枝，二是妨礙家中採光和風水，光這兩項就可以判樹死罪，畢竟，在有冷氣和風扇之後，在人工製造玩具大量出現之後，我們要樹何用？

二〇一四年底，吳晟在聯合報發表〈敲掉水泥迷思〉一文。篇幅達五千多字的文章，分兩天刊載，吳晟從五〇年代台灣水泥公司成立談起，談接二連三出現的水泥公司，如何開挖山脈、取走土石，換成各種水泥產品和龐大利益，談這些水泥如何過度使用，不僅讓**台灣成爲世界第一的水泥愛用者，也造就了不計其數的「砍樹鋪水泥」工程**。

砍樹鋪水泥，除了讓地面乾淨美觀好整理，另一重要功能，也和另一個產品的普及有關。八〇年代，自用汽車開始成爲台灣家家戶戶不可或缺的交通工具。有車，便需要停車的地方，砍樹、鋪水泥、搭車棚、建停車場，也成了似乎理所當然的事。

在這些變化中，最荒謬的是吳晟屢屢在森林遊樂區看到的水泥停車場。「大家能想像連『森林』遊樂區都在砍樹嗎？明明森林已經給我們最天然的停車場。車子停在樹下能遮蔭、遮雨，如果擔心下雨土地一片泥濘，可以鋪植草磚或碎石，這些設施的滲水、排水功能都強過水泥地面。水泥路面最不好的就是不能吸收雨水，而保水恰恰是樹木最重要的功能之一」，「我實在想不通，台灣怎麼會把砍樹鋪水泥當成『建設』，連水圳都能水泥化，這不只是『憨』，而是離譜，全世界沒幾個國家這樣做的」。

吳晟分析，除了求快、求方便，「無知」也是一般人取水泥、捨樹木的關鍵理由。「人會做壞事，通常分成兩種情況。一種是出於惡意，一種是欠缺知識。**帶惡意去做歹事的人是自覺的，無知的人則是不自覺的，隨波逐流的，但，兩者一樣都是罪惡**」。

打破水泥迷思

台灣人對樹的無知而後無情，吳晟每每講起「心攏會凝」。他還自責自己身爲國中生物老師，卻沒能把樹的重要性好好教給學生，「等到學生們有權決定如何對待樹木時，他們不會也不懂」，「這已經不只是民眾的問題，而是『滿朝文武皆無知』」，他大大嘆了一口氣，「包括我在內，我想全台灣的生物老師都該打，我們沒把學生教好，才會種下今日的惡果」。

其實，吳晟不用這麼自責。對樹木無知，並不是台灣人獨有的毛病。近年，由於研究工具的進步，以及越益嚴重的環境問題，樹木相關研究也開始掙脫原本封閉的植物學界，獲得更廣泛的矚目。

樹木學家已開始反省並坦承：**面對像是樹木這種能存活千萬年的生命型態，人類目前所知仍非常渺小、有限**。過去要從事樹木研究，多半得等到樹木死亡，例如從砍下的樹木年輪分析樹木活時的遭遇；而高大的樹種如雲杉、北美紅杉、澳洲桉樹等，樹木學家能攀爬到樹冠層進行生態觀察與研究，也是過去三十年間才開始出現；生態物種包羅萬象的熱帶雨林，更是一大片有待人類認識的處女地——前提是，我們不因無知與貪婪將它們砍伐殆盡。

是的，**除了無知，另一個造成樹木大量消失的原因，正是人的貪婪**。

「像我在文章裡談到，爲什麼台灣人在過去這麼長一段時間，會拚命砍樹鋪水泥？一個原因是因爲民眾無知，認爲砍了樹鋪上水泥就不會有落葉長草的煩惱，乾淨好整理；另一個原因，就是水泥建設在政府的推動下強勢、蓬勃發展。爲什麼政府要推？一般來說，發展分兩種，一種是觀念所引導，一種是利益所趨，台灣人之所以崇拜水泥，就是觀念與『工程』利益結合的產物」，吳晟說，水泥並非唯一，在台灣近代發展的歷史中，有太多類似的例子：農藥的大量使用到濫用，或是進口農作物如小麥黃豆的傾銷，都是如此。

「當人貪圖方便，就很容易被強勢商業文化給支配，然後落入某種行爲模式中無法自拔。等到形成風潮，大家就再也回不去了，因爲你習慣方便了嘛」，可悲的是，「社會結構正是由少數的支配者對一大群附庸者建構一套理論，用理論迷惑群眾，於是開發主義就能結合利益，不斷侵蝕、吞滅原有的文化和價值觀」。

記取樹對這片土地的惠贈

確實，我們對樹木所知太少。而這份無知帶來的惡果，正從樹木延伸到仰賴樹的所有物種。

從前的人因爲樹木能採集食物、乘涼、休憩玩耍等功能而對樹木有感有情，但這些感情在樹木的功能被其他物質滿足後很快消逝。現實的人們遺忘了樹木最無可取代的功能，只因爲這項功能暫時還不需以金錢換取。

不知道有沒有科學家試算過：**依照目前全人類砍伐森林和消耗資源的速度，再過多久，我們會需要付錢買氧氣呼吸？**

雖然我們從小就在課本裡讀到「樹木會行光合作用」，但對光合作用和自己的關係卻不怎麼敏感。

爲什麼光合作用對人類重要？樹木藉由行光合作用，將二氧化碳和水分轉化爲樹木生長所需的葡萄糖，副產品氧氣則會釋放到空氣中，成了生物賴以呼吸的關鍵。

不只是氧氣，光合作用剩餘的水分，也會透過樹葉的蒸散作用排出。從前的人在炎夏尋求樹蔭乘涼，不只是因爲樹冠枝葉能遮擋陽光，還因爲我們肉眼看不見的蒸散作用，不斷在葉片背面的氣孔進行著，細微的水分子在樹蔭中飄動，從而增加降溫的效果。有些店家騎樓會在熱天午後噴灑水蒸氣降溫，這個人工設施就是取法自樹木的蒸散作用。

除了降溫和製造氧氣，許多我們一知半解或從未深思的樹木功能，也都是從「樹木會行光合作用」而發展出來的。

樹木能淨化空氣，一方面是排放了我們需要的氧氣，另一方面則是因爲吸收二氧化碳。光合作用之後，樹木將碳轉化於具體的形態存取，也就是木材。工業革命後人們大量使用的煤炭，就是千萬年前植物碳化的結果。如果這些說法太過「課本」，不妨找找此刻你正在使用的物品中，有沒有木頭存在——一把木椅。一張木桌。一扇木門。書櫃。床架。紙本書……這些東西，都是樹木把我們視為體內廢物的二氧化碳吸收、轉化、留存為它的身體，再被我們砍下製成的。

不知道有沒有人假設過：若將我們生活中所有和樹木相關的器具物件都拿掉，我們的生活是否還能運作？如何運作？

樹木能夠保水，有利水土保持，這項功能也是基於樹木要自保。為了行光合作用，樹需要大量的水分子，這些水都靠樹根吸取，再往上方運輸傳給樹葉。一旦有水流進土裡，樹根會大量吸收儲存，以防乾旱季節來臨無水可行光合作用。

對於亞熱帶、夏雨冬乾的台灣來說，從梅雨到颱風降下的雨水，能好好存在根部，漫長的冬季乾旱才有水可用，這是樹木對這片土地的惠贈，我們卻鮮少在意。

山林河川的浩劫

二〇〇一年，讓吳晟對台灣環境更加警覺、轉而投入更多實踐與生態議題寫作的轉捩點是什麼？

那年，吳晟受邀擔任南投駐縣作家，花了一年與妻子莊芳華沿濁水溪走訪，上溯這條中部平原母親之河的源頭，卻見證了從海岸、平原到山脈，水源林木資源全面破壞的驚人景象。他將這些怵目驚心的見聞和感受，通通記述在《守護母親之河——筆記濁水溪》一書中。

「事實上，台灣砍樹的歷史是從高山開始的」，吳晟說，無論是日本政府或國民政府，都大肆開發台灣山林資源。但是，兩個政府的破壞程度有所不同，「日本人砍得沒那麼全面，理由有三個：一是當時主要還是採用手鋸，速度比較慢。第二，日本人砍樹會留樹頭，這樣一來，樹木仍有生長機會，不會完全死亡。第三，日本人對台灣山林比較有規劃，他們希望未來可持續利用，所以採取『疏伐』，也就是只砍部分的樹木」。

日本殖民政府將台灣視爲南進發展的基地，也是國土的一部分，經營時自然著眼未來性。但是，國共內戰敗北退到台灣的國民政府，將台灣視爲反攻大陸的暫時駐地，這樣的心態，反映在物資使用上，就是無規劃也不考量未來，以掠奪爲先：「國民政府進到台灣山林後，用電鋸全面砍伐，樹頭也不留，造成台灣山林很大的浩劫」。

當時的林務局，以林業經營爲先，在日本政府原有的阿里山、太平山等林場外，又設置了太魯閣、大雪山等林場。接著，鼓勵退役退伍榮民上山開發，農業上山隨之破壞山林原本生態。而民間與官方大量砍伐天然林，雖然在一九九一年經媒體揭露、民眾發起保育山林運動而宣告全面禁伐，卻也無法挽回原始天然植被已被破壞到僅存全台面積百分之二十四的事實（註：數據資料引自陳玉峰《台灣植被誌》第一卷）。

吳晟走訪當年因伐木而興建的丹大林道時，抒發了他對當年「林業鉅子」孫海如何「造就台灣林業」的看法：

> 國民政府為了籌措財源，以「發展經濟」為理由，在林務局主導下放任
> 某些「個人」放肆砍伐林木，就在「護林」標語之下進行「廝殺」，不知
> 當年這些主事的個人及林政官員，有沒有矛盾的不安感？……

……以個人短短一、二十年的壯年期，卻把地史上千百萬年孕育成長的珍貴林木「全面砍伐」，這對於後世子孫，造成的大悲劇，能說是「造福鄉里」嗎？

因此在歷史定位上，我寧願稱孫海為「伐木大亨」，而不願意像一般的「文史學者」，稱頌他是「林業鉅子」。畢竟所謂林業，是與山川、生靈永續共生的事業，如此罔顧土地命脈，建立個人財富，如何配與「林業」同名呢？

——〈守護母親之河〉

原始林遭到大量砍伐，彷若發生在島嶼核心無人知曉的祕密，同步發生的，還有濁水溪流域沿岸的無數砂石工程，後者也許不算祕密，畢竟有許多工程都發生在人口密集的平原地帶。然而，我們也早被馴化得對自己周遭生活環境漠不關心。什麼都沒有「愛拼才會贏」重要。

為了讓每天數以百計、甚至數以千計的砂石車行走，濁水溪沿岸、河床增闢了無數砂石車專用道路。為什麼需要這麼多砂石場？因為我們有永遠興建不完的工程。為什麼我們有永遠興建不完的工程？因為我們既要築堤、防洪水，又要建水庫、防乾旱。為了增闢砂石車專用道路，砂石場必須開採更多的砂石，搶沙行徑和當年搶林一樣囂張。如此反覆的噩夢，竟然是讓台灣永遠無法停下來的「生命力」。這一切都因為我們失去原生山林的庇護。

——〈守護母親之河〉

砍樹鋪水泥的謬誤，在此再次匯集，其中一項惡果，就是曾經以肥沃黑土種植出令農民驕傲的稻米、如今日益荒蕪、漠化的濁水溪流域。

「山區下雨時，**原始林已經被砍伐到無法吸納、涵養水源**，所以雨水會快速沖刷掉。上游的水源變少，流經下游、已被水泥化的河川又遭攔截，這些被截走的水被拿去作爲工廠用水，工廠用水不足，再超抽地下水。最後，不只農民缺水，整條河川的漠化也越來越嚴重，現在濁水溪中下游河床每到冬季幾乎都是乾涸的，風飛砂飛得四處是，所以有人說，濁水溪南岸居民『冬天吃飯攪沙』」，吳晟說，「眼見如此，我難道不會越想心越『凝』嗎？」

憂傷的海岸

即使心凝了、糾成一團了，那些令人難受的風景卻還是一幕幕襲至眼前。山上的樹也砍，平原的樹也砍，海岸當然也不會放過。吳晟說過，從前環海的台灣，岸邊滿是自然生長的樹林。到了日本統治時期，喜愛在台灣全島種植熱帶外來樹種的日本人，在海邊種起了耐風吹、耐乾旱、耐貧瘠、生長又快的木麻黃，木麻黃防風林，遂取代了從前的原生樹林，成爲許多人的海岸風景回憶。

然而，這片人們熟悉的風景，也在吳晟的紀實詩作與眞實地景中逐漸凋零、消失——

日頭仍然輝煌的照耀
在同伴越來越稀少的馬路上
而我們望見

吾鄉人們的腳步，不再踴躍

晚霞仍然殷勤的送別
在同伴愈來愈稀少的馬路上
而我們望見
城市的工廠、工廠的煙囪、煙囪的煤灰
隨著一陣一陣吹來的風
瀰漫吾鄉人們的臉上

月光仍然溫柔的撫照
在同伴越來越稀少的馬路上
而我們望見
呼嘯而來呼嘯而去，匆匆忙忙的機車
並不在意

以粗糙的皮為衣
以乾硬的果為實
笨拙的植立馬路兩旁
我們是愈來愈瘦
愈來愈稀少的木麻黃

——節錄自〈木麻黃〉．一九七五

一九七五年，木麻黃初次成爲吳晟詩中的角色，但剛亮相就展露了「同伴越來越稀少」的悲涼。詩中並未談及木麻黃變少的原因，卻從木麻黃擬人化的視角中，看見人類逐漸疏遠自然、籠罩在工業污染的生活，並物傷其類哀悼不同族群、不同物種的共同處境。

除了溪州鄉曾經遍植的木麻黃，一九八〇、九〇年代，吳晟遊歷西海岸時，驚見怪手與電鋸橫掃海岸線，作爲防風林的木麻黃也在這波機械掃蕩下，一大片一大片地消失，在〈憂傷西海岸〉系列詩作中，可以看見詩人的錯愕和沉痛：

沿著河濱道路，車子向西行
倨傲的水泥堤防
冷冷隔絕我的視野
預期中整排整排綠蔭
只剩下幾株零落的木麻黃
頂著風沙，更形消瘦

——節錄自〈憂傷之旅—憂傷西海岸之一〉·一九九九

又一紙開發公文
號令電鋸全面殺伐
數萬株挺直的木麻黃，相繼仆倒

無處落腳的海鳥
牠們不會說話，只能嘎嘎啼叫
在昏暗暮色中來回盤旋

又一段海岸線
頓時失去屏障
灰撲撲的風砂趁勢席捲
破落的小漁村

我的哀傷飄蕩在海線城鎮
每一聲喟嘆，都化作渴切願望
如果沿海一公里
耐風耐旱的防風林無盡綿延
開展茂盛根鬚抓住砂土
搖曳青青枝葉
像飄在風中的綠圍巾
阻隔來自海洋的風寒

啊，如果沿海一公里
鬱鬱蔥蔥的防風林
和翠綠山嶺相互呼應
將美麗島嶼，暖暖環抱

——節錄自〈沿海一公里—憂傷西海岸之三〉．一九九九

「我怎能不心急呢？這個社會從那麼早之前就開始砍樹，先是砍山上的樹換錢，再砍到平原的大樹、老樹……最可怕的是，**以前台灣海岸鬱鬱蒼蒼整片的防風林，不管是台東那一大片跟黑森林一樣的，還是以前我們彰化沿岸那一片圍籬般的防風林，都消失了！**那麼不得了的自然屏障，足以把海砂、海風都遮擋住的啊……」

吳晟語帶悲憤地談起八〇年代時，自己和太太還經常在台灣四處走遊，特別是海岸，「以前台灣的海岸到處都是防風林，從陸向海，一大片一大片，縱深至少都是幾百公尺，在林子裡要走好久才能到沙灘。沒想到八〇年代開始，我們看到防風林被全面性剷除；到了九〇年代，我實在忍受不了再到海邊，因爲取而代

之的海邊風景，全是垃圾——免洗餐具、鋁箔包、易開罐……那時台灣社會已經走入大量消費的時代，垃圾也變得很大量。因爲不知道怎麼處理這些垃圾，就乾脆通通堆到海邊……」

爲什麼台灣會在當時大量砍伐海岸防風林？

吳晟分析，一是當時提倡沿海建造人工養殖魚塭，二則是延續無處不在的水泥鋪設，將防風林改爲水泥防波堤，「但其實魚塭跟防風林是可以並行的，做水泥堤防也不必然要把防風林全部砍光。說到底，這就是台灣人有種奇怪的『一窩蜂』文化使然，既然要砍，就全部砍光」。

吳晟的表情從悲憤到痛心疾首，「台灣人的整體品質，我說一句難聽的話，眞是糟糕至極！我的一輩子，就這樣眼睜睜看著豐富的自然環境，隨著物質生活的充裕而惡化，環境、生態、物種，幾乎是在極短的時間內劣化或消失。你想想，沒有了防風林的海岸，就不能防海水，也不能阻擋風飛砂。而我們的海岸線又一年年退縮，海水慢慢倒灌、地層慢慢下陷……

「社會到底是愚蠢到什麼程度，才能這樣把樹林都砍光？砍下來的樹拿去做什麼？除了換錢，還不一定會拿去做什麼呢。砍光樹之後，也只是任土地荒廢在那裡罷了。」

樹靈與樹的傳說

談砍樹，人們的切入角度常落在自然永續和林業經濟如何雙贏，然而，我們似乎鮮少從一個更基礎的面向去談：砍樹，是取走樹的生命。

主流科學家主張，樹木沒有大腦，也不會有心智、感受，更何況，一棵樹木不會因被砍斷而死亡，如果保留樹頭，它就有可能延續生機，砍樹不等於全然殺死它。

但即使如此，怎麼可能不意識到，就算樹木感知世界、求取生存的方式和人類不同，它還是一個生命體。它是活的。即便我們沒意識到它的生命，無法體會、想像它的生命，不代表它就沒有生命，更不代表可以隨意取走它的生命。

吳晟的母親曾告訴他，世人「砍樹容易種樹難」，歸根究柢的原因就在於：我們對其他物種的生命缺乏意識，更別說想像。

這種缺乏意識和想像的流失，是一代一代逐漸發生的。因爲，並不很久以前，人們即使伐木，也都心知肚明自己正在掠奪生命，**伐木即殺生**，必須懷抱敬意地行動。

原始林，至善純美之境
上蒼的懷抱何等慈愛
阻擋不了掠奪的斧鋸
沿伐木林班道入侵
橫過世紀的腰，狠狠切割
山林斷裂出巨大的傷口

殺戮之後，贖罪的樹靈塔
圓形台階如年輪
高聳塔身如樹幹
請安靜下來，肅穆佇立
傾聽萬千樹靈無言的痛

每一座殘留的樹頭
千年魂魄仍不捨離去
仍牢牢抓住土石
……

——節錄自〈樹靈塔——阿里山上〉，二〇一三

吳晟詩中的「樹靈塔」是阿里山的著名景點，這座仿照樹木年輪設計的塔碑，是一九三五年時建成。後人對這座日本人建造的樹靈塔，有很多繪聲繪影的傳說，例如，之所以需要祭慰樹靈，是因爲當年日本人砍伐的多是數千年以上的神木，伐木工人發現砍下的樹滲出血，林班煮出來的米飯也變成鮮紅色，甚至有工人得怪病身亡，管理者不得不舉行宗教儀式祭慰震怒的神木樹靈……

姑且不論眞實與否，這類傳說最能說明的，是人類在砍樹時壓抑的罪惡感終將反撲。人們並不如自己以爲的這麼理性，這麼漠視生命。

樹的信仰

然而，即使屏除「樹靈作祟」的說法，曾大舉開發台灣林業的日本人，在他們的文化中本就存在泛靈與尊崇樹木的信仰，從電影《哪啊哪啊神去村》片末伐木村莊盛大舉行的「大山祇神祭」，以及日本哲學家梅原猛所著的《日本的森林哲學：宗教與文化》一書對日人森林信仰的分析，都可獲得見證。

從這個角度來看，砍樹並不是不能做。為了活下去，人類不得不殺死其他生命，差別在於：奪取生命時，你是否意識到自己正讓一個生命從生走向死，並因此對生命更尊重、更珍惜。

「除了樹靈塔，台灣民間也有很多樹的禁忌和傳說，比如大樹公，許多原住民部落要砍樹前，會祭拜或唱歌感謝樹木，並告訴樹木為什麼砍樹。當然我們會說，這些是迷信，可是迷信裡往往有它的自然觀和教育目的」，吳晟說，就像許多人童年都聽過指月亮會被割耳朵，或是他們那一代流傳的抓螢火蟲半夜會尿床，對灶神不敬小雞雞會開花……**「禁忌的另一面，其實隱含著生態知識或面對自然該有的態度」**。

反過來說，當這些禁忌傳說逐漸在一個社會中消失，往往代表某些價值觀隨之沒落。取而代之的，是另一種價値的蓬勃興起。

「你們曾經問，爲什麼我從年輕時就會在作品中寫樹？我想，大概是因爲當時我已經開始看到越來越多人在砍樹了」。

失控的進步

說來一點也不奇怪，人類文明的發展本就伴隨砍樹而來。

梅原猛在《日本的森林哲學》一書中，清楚扼要地分析早期的日本人如何從採集、狩獵的生活，演變成砍樹開墾、以農業爲生存根基。不只是日本人，目前我們所知的遠古人類文明，在歷史學家和考古學家的研究下，也呈現類似的發展脈絡。

看起來，地球對待樹木似乎比人類還優渥。她讓樹木得以生存超過一億年，並且，經過人類有農業以來一萬年的砍伐後——特別是工業革命以後兩百多年，砍樹的速度與數量大舉超過前面一萬年——還能讓森林維持在全球陸地覆蓋率百分之七的比例上下（但別忘了這個事實：八千年前，森林明明還佔陸地面積一半以上）。

難道，人類從未因砍樹而付出龐大代價嗎？

這答案端看我們如何定義「龐大」。

有一個極端的例子，發生在南太平洋的復活節島上。這座以巨型石雕「摩艾」著名的島嶼，在一七二二年時被荷蘭艦隊發現，也因此首度被文字記錄下來。起初荷蘭人誤以為這個島是一大片砂丘，因為上頭沒有一棵樹，土壤也受到嚴重侵蝕。與這荒涼呈現極大反差的，正是遍布島上、尺寸和雕刻技藝都驚人的摩艾巨像。歷來對復活節島的文明之謎感興趣的學者很多，經過無數的調查研究後，復活節島荒蕪的答案終於揭露。

一位加拿大人類學家與小說家隆納．萊特在他的著作《失控的進步：復活節島的最後一棵樹是怎樣倒下》中，有極為詳細且令人不安的描述。復活節島本不貧瘠，甚至是水源充足、綠意盎然的肥沃之地。然而，在島民開始以石刻雕像競逐榮耀後，一切開始慢慢變樣。為了取得木材運輸石像，居民對島上的樹木濫砍濫伐，很快地，**砍樹的速度超過樹木生長的速度**。居民們蓄積了大量木材，不知為何，卻沒人想到應該限制伐木、保護幼苗、積極造林。書中寫道：

> ……砍下最後一棵樹的人，看見那是最後一棵樹，且清楚地知道島上再也不會有另一棵樹。他們依舊砍下它。遮蔭處在這片土地上完全消失，只剩下那些石化祖先們所投下的僵硬影子，這些祖先更受島民崇愛了，因為這些石雕令他們覺得自己並不孤獨。

萊特以小說家之筆，摹寫了這個令人膽寒的歷史現場。復活節島的滅絕時刻並未馬上到來，在最後一棵樹倒下後，他們還得迎來痛苦的土壤侵蝕和漠化，糧食和其他資源的短缺，爲了搶奪生存所需的內戰，最後是死亡和疫病……

復活節島民爲砍樹付出的代價龐大嗎？假設考古學和歷史學家們的調查結果爲眞，我們還無法確認：這個被海洋環繞的小島，是花了多久時間自取滅亡的？

有沒有一個可能：這個最後看來龐大的結果，除以歷經的時間後，得出的數字是微小稀薄的。換句話說，復活節島居民們是**在長期且不知不覺的變化中，迎來樹木與資源枯竭的末日**。

只能爲你寫一首詩

在傾訴對砍樹的種種怨憤時，吳晟原本低沉的嗓音往往更滄桑。與其說滿腔怨怒，更讓人感受到的，其實是打從體內深處被壓擠而出，一股很深沉的痛。

正如心理學者的研究指出，憤怒並不是人一開始就有的情緒，而是其他情緒醞釀、發酵之後，以憤怒的形式展現。在憤怒浮現之前，我們有的可能是失落，是嫉妒、是恐懼，或是悲傷。

在松菸巨蛋護樹抗爭過後許久，有天早晨我經過光復南路，原本分植在樹穴中的大樹，已經移植殆盡。大部分的樹穴空空蕩蕩，有些還遺留著樹木的殘枝殘根。剩下的幾棵依然挺立在原處，但它們的姿態，再怎麼樂觀的人看了，也很難用「綠意盎然」形容它們。

那天因爲行程匆促，並沒有帶太多情緒觀察這些樹。然而，一抬頭看見那些杵在原地的樟樹和楓香樹瞬間，確實感受到胸口一陣悶痛。悶痛沿著呼吸道往上竄，在鼻腔和眼睛淤塞，化爲一股酸楚。

那是誰的悲傷呢？是我的，還是樹的？

也許，樹和我都是物傷其類。

這些情緒、感受，在漫長的科學當道的時代裡，被斥爲無法被科學分析、驗證的純感官經驗。習慣仰賴數據、統計、邏輯、客觀的人，面對這些情緒和感受，不是漠視就是貶低，他們無法理解：移走或砍下一棵樹有什麼大不了，既然我們都承諾會再給你們種回一樣的樹種。砍樹有什麼關係？樹是沒有大腦也沒有心的，認爲它們會痛苦會恐懼，是人類的想像力太過旺盛。

多麼希望他們明白：即使是同一種樹，光是親眼看著它從小苗長高，抽出新葉，每年結出酸甜不一的果子，就足以讓這棵樹在人的心中無可取代。一棵陪伴曾祖父母、祖父母、父親母親，和孩子長大的樟樹，就算全台灣有不計其數和它一樣的樹，它依然是獨一無二的。

多麼希望他們了解：即使樹沒有人的大腦和心，也不代表它們不思考、不感受、沒情緒。愛因斯坦都曾經承認，科學只能證明存在，而無法證明不存在，更何況我們只能證明它們擁有不同的構造，又如何斷定它們沒有相似的功能？

雖然樹木不能理解吳晟寫的詩文，但，假如它們能感受到吳晟拚命藉書寫傳遞出去的，愛護它們的情感呢？

多麼希望，我的詩句
可以鑄造成子彈
射穿貪得無厭的腦袋
或者冶煉成刀劍
刺入私慾不斷膨脹的胸膛
但我不能。我只能忍抑又忍抑
寫一首哀傷而無用的詩
吞下無比焦慮與悲憤

我的詩句不是子彈或刀劍
不能威嚇誰
也不懂得向誰下跪
只有聲聲句句飽含淚水
一遍又一遍朗誦
一遍又一遍，向天地呼喚

——節錄自〈只能為你寫一首詩〉·二〇一〇

不信自然喚不回

「我是一直存著『不信自然喚不回』的心情，不斷地呼籲，像傳教一樣……我相信只要有自覺的人越來越多，我們就可能改變更多人的觀念，引導更多人的行爲。要累積多少人才能改變社會？我不知道，只知道要盡量找到更多」。**吳晟不介意人們視他爲「種樹的男人」多於「寫詩的人」，因爲他知道，唯有自然環境存續下去，下一代才可能帶著前人積累的文化，在這片島嶼繼續生活，繼續創造屬於每一世代的詩歌與精神文明。**

「我實在說，這年齡我還這麼努力、這麼堅強，是因爲我想終我此生，盡量爲台灣自然環境做一點事」，這七十二歲的老人眼神炯炯有光，他曾被許多學子背誦爛熟的詩作中，那個擁有激越豪情的阿爸彷彿又回到身上：「我不求千秋萬世，賣憨啊，眼前環境都顧不了，哪還有什麼千秋萬世？當環境惡化到不適合居住，名要拿來做什麼？都沒路用！」

吳晟也再清楚不過，檢討問題、批判和抗爭，雖不能說沒路用，卻還是有限。他知道自己的時間已不那麼多，要有用，就得實踐，得把自己的身軀和力氣放進去，撩下去行動。

第3章

詩人的種樹行動

一起回來呀

向天敬拜
向地彎身
向歷代祖先訴說
感念，濁水溪平原遼闊
賜與我們，日日
和黑色土壤殷勤打交道
承續做農的行業

每一株作物都體現
我們溫柔的深情
見證我們強韌的意志

任寒氣、烈日，輪流試煉
任經濟的風潮
席捲過一遍又一遍

深深懷念起
水草搖擺、青蛙跳躍
魚蝦螃蟹漫遊嬉戲
泥鰍翻攪泥巴
水蛇草蛇悠哉出沒
蜜蜂、蜻蜓、蝙蝠、螢火蟲……
飛鳥從並不遙遠的過去

展翅飛了回來
穿越險阻的呼喚
回來呀，回來
一起回來呀

我們凝神傾聽
水田蕩漾的記憶
重新學習友善土地
彼此約束，相互打氣
（守護灌溉水源
拒絕使用化學藥劑）

耐心等待消失的
會再豐富回來

我們懷抱希望
向風伸展
向水找尋
向世間萬物證明
堅守，做農的價值
創造家園的美好
看顧島嶼的糧倉
是多麼榮耀

——吳晟·二〇一四

母親種下的樹

站在吳晟溪州故鄉的樹園入口，讓人隱約感覺到：或許在這位詩人心中，「回到自然母親的懷抱」從來不是一句隱喻，如同他在那首著名詩作鏗鏘寫下的起句：

我不和你談論詩藝
不和你談論那些糾纏不清的隱喻
請離開書房
我帶你去廣袤的田野走走
去看看遍處的幼苗
如何沉默地奮力生長
……

——〈我不和你談論〉．一九八二

在樹園入口處，吳晟的母親吳陳純那幀由攝影家張照堂所拍下的肖像，穩重地立在群樹前，迎接每一位來者。

吳陳純的模樣，就像吳晟在散文集《農婦》對母親的種種描繪一般，是非常典型的台灣傳統鄉鎮的農婦形象。長期的農事種作給予農婦黧黑的肌膚和健碩的體態，裹著頭巾的臉龐，無論是五官或表情，都與她的詩人兒子有幾分神似。雙腳微張、穩穩站在廣袤田野中的母親，面帶樸實笑容，每日每日在此守望樹園，等候入來園內巡樹或讀書的兒子，回到她和群樹的懷抱。

吳晟用母親的名字將樹園命名爲「純園」。「**我對樹的感情，受我母親的影響很深**」，他說。

吳晟的母親愛樹，種樹也護樹，《農婦》裡有好些文章都曾提及。〈開放式的家庭〉這麼記錄母親曾栽種的樹木：

> 母親在後院種植了好幾種果樹，龍眼啦，木瓜啦，番石榴啦……幾株龍眼，還有數十株檳榔樹，已有二三十歲，長得非常高大，綠蔭盎然。從我幼小的時候起，這一片小小的果樹園，一直是附近的孩子們最喜愛的遊戲場所，爬樹、盪鞦韆、玩泥巴、辦家家酒……孩子們總有孩子們玩的花樣。尤其到了夏天，這裡更是熱鬧，因為不但有樹蔭可以乘涼，更

有果實可以採摘。

〈樹的風波〉則描寫一樁母親見證的砍樹糾紛。爲了稻田旁遮蔽陽光的大樹，種稻的農人砍除了這棵屬於鄰人的樹，鄰人不捨也憤怒，認爲樹能夠提供周圍農民中午有個遮蔭休息的去處，但被遮去陽光的稻米長不好也是事實。爭端結束，被砍下的樹搶救不了，鄰人的交情也因此破壞，吳晟的母親轉述這個糾紛給家人聽時，惋惜說道：「砍樹容易種樹難」，繼而回憶起吳晟的外祖母也是愛樹人，甚至曾爲阻止鄰人砍掉一棵陳年楊桃樹，付給鄰人聘請的砍樹工加倍的工錢，讓他別砍，好不容易留樹一命。

原來，對樹的情感是能藉由世代傳遞的。有惜樹的外祖母，就有愛樹的母親；有會種樹的母親，也就有願意爲樹奔走的兒子。

「現在看我當時《農婦》寫的文章，雖然寫得不深刻，也沒有深奧的知識，更不要說什麼文學性，但愛惜樹木的基本觀念都有了，從小母親就這樣教，當然會對我們影響很大」。

無獨有偶，與吳晟年齡相近的雲門舞集創辦人林懷民，也是藝文界有名的愛樹人。他對樹的喜愛，同樣因爲有一位愛樹、愛花、愛植物的母親。林懷民曾在一篇名爲〈心經〉的文章中，追憶母親林鄭翩翩對樹木花草的感情。

人們視自然如母，而我們對自然的情感，又常常透過母親的手傳遞、延續。這應是某種萬物運行的神祕法則吧，那股原初而古老的脈動，自然與人類的連結，靠著陰柔而不失強韌的母性之手，將兩端牢牢握住，繫在一起。

隨落隨長的韌命

吳晟的母親特別喜歡樟樹。「我母親常說樟樹最好了。台灣以前到處是樟樹，日本人說這是最優良的樹種，剛性的樹幹，柔性的枝葉，整個樹形很漂亮。花香、葉香、皮香、樹材香、種子香、根也香，可以說整棵樹都香」，母親對樟樹的喜愛也傳給兒子，在還沒有樹園之前，剛返鄉任教的吳晟說服母親，在自家三合院旁空地種了數十棵樟樹，等二〇〇一年他闢建樹園後，再陸續將樟樹移植到園內，留下來的十數棵，多年後早已亭亭玉立。特別難忘我們第一次到溪州拜訪吳晟時，明明是秋老虎發威的炎熱午後，坐在樟樹底下，卻始終感覺到陣陣沁涼微風吹拂過來。

「樟樹很好移植，移過去的樹也長得很好，存活率很高」。移走樟樹後的空地，吳晟蓋了一間獨棟兩層樓書房，那時，有棵樟樹長在書房預定基地上，他實在捨不得移走，便央請設計師改動房屋原定的結構，讓房子包覆樟樹，形成了「樹與屋共生」的美麗景象。

「當時連鋼筋都架好了，決定要保留樹後，我們把鋼筋裁掉重架，重新設計，將空間留給樹」，「樟樹不像榕樹，根系會亂竄，破壞房子的地基和牆面，它種在房子裡也沒有問題」，吳晟說。

雖然不像榕樹帶來房舍結構破壞的威脅，樟樹卻有著足以和榕樹比拼的生命力。

有一次，吳晟在樹園裡沿路說明不同樹種的生長情況，其中一棵小樹長在水溝旁，約莫半人高，看來水分和陽光具足，葉片散發著飽滿的綠光。

「這是樟樹吧？」我們好奇地問。

吳晟點點頭，露出讚許的笑容，「嗯，你們會認小樹苗了」。

「因爲家裡陽台也有好幾棵呀！」當時我住在台北頂樓加蓋公寓，顯然是綠手指的前任房客在寬敞的露台留下好些盆栽和空盆。入住不久，便發現空盆的土壤裡掙出了一些小苗，當時不懂照料，全交給老天眷顧，沒想到這幾盆小苗很爭氣，每年都竄升一些高度。

雖然始終不知道它們是誰，直到那次訪問吳晟，聽他娓娓說來樟樹的特徵，才赫然發現，那幾盆葉面蠟亮、摘下揉捏有某種熟悉香氣的小苗，原來全是樟樹。

它們想必是從外頭大馬路的行道樹上，飛越幾百公尺的艱難險阻而來的吧。

幾萬年前，它們又是經歷了怎樣的艱難險阻，才從這片島嶼的深處破土而出，長成一棵棵抬頭挺胸的原生之樹？

一旦越過最難的，一旦能夠落土，生根、發芽、竄出、茁壯，對樟樹來說都是容易的。因爲太熟悉這片土地會怎麼滋養它、挑戰它、呵護它，於是任何環境，只要還在這片土地上，就難不倒它。這是原生樹種和島嶼磨合出來的智慧。

不只是樟樹，許多原生樹都藏有這份祖傳的智慧，隨落隨長，看似韌命，其實是因爲，它們和這片土地本就是天作之合。

居家四周的空地，頗為寬敞，子女吃了水果，常將種子隨手拋棄各處角落，因此，常有某些果樹的幼苗，諸如龍眼、芒果、枇杷、釋迦、荔枝、番石榴等等，雜在草叢中探出頭來。

——〈綠化運動〉

吳晟的這段書寫，就是最好的例子。住在城市裡的人，把水果籽視爲多餘甚至干擾食用的存在，卻忘了它們就是果樹孕育下一代生機的孩子，**只要有機會落在土地上，它們就會喚醒生長本能，從一粒不起眼的種子進行漫長的超人變身**，往下扎根，往上發苗，最後成爲幾公尺高的龐然大物。

不知道是不是這種宛如奇蹟的變化，讓吳晟從小就對種子產生極大的好奇。受到母親愛樹教育的他，也迷上了蒐集種子，凡是吃水果吐出的籽，龍眼、芒果、芭樂、番茄……他通通播進土裡，煞有其事地栽培、觀察，「所有的種子都能長出幼苗，但是眞正能長大的很少」，「不過樟樹就不一樣囉！樟樹種子太容易長了，走到樹園看就知道，到處都是樟樹小苗」。

種樹的生物老師

這份童年的興趣，在吳晟成年、進國中當生物老師後，找到了延續和擴大經營的方式。

「我會在生物課上帶學生培育樹苗。教他們怎麼布置土壤、種子怎麼種、怎麼澆水、陽光怎麼照……看著種子從土裡迸出來，學生會覺得很有趣」，吳晟當時讓學生培育的樹種，有樟樹、台灣欒樹、烏心石等等，但最能引起學生共鳴的，是種子被他形容為「竹蜻蜓」的桃花心木。

「桃花心木的種子是翅果，種子小小一顆，但翅膀有手指這麼長，種子種在土裡，翅膀會露出來，等到芽冒出來，翅膀才會掉下，在觀察過程中帶來很多樂趣」。至於為什麼叫竹蜻蜓？那是因為翅果型態的種子，需要借助風力幫助種子散播，而有著長長翅膀的桃花心木種子，是以先垂直、後水平的旋轉方式在空中飛行，是不是真的讓人想起《哆啦A夢》裡在空中任意穿梭的漫畫人物？

學生栽種的樹苗，有些在生物課程結束後，仍繼續陪伴學生修習學業。溪州國中校園一隅，有一片樟樹夾道的草皮，就是某年吳晟建議校長鋪設，並由師生一同種下樟樹，而其他樹種的盆苗，也在多年後成了校園中隨處可見的朗朗大樹。

不要羨慕別人的草坪

「說起來，那時候種樹也只是純粹的喜歡而已，什麼原生樹種啦、台灣的樹木生態啦，這些都還不甚了解。不過，我倒是可以說，**我的行動和詩的創作在當時就是互相吻合的**」，吳晟請我們去讀一讀他的詩作〈草坪〉。那首詩，就寫在溪州國中師生種樟樹、鋪草皮之際。

深秋了
秋得很深很深了
終於不能抗拒謠傳和恐懼的落葉
都在竊竊讚嘆
遙遠的異國
隨處是宜於閒步的草坪哪
秋風般吹起的讚嘆中
紛紛傳遞無限嚮往的訊息
紛紛和自己的祖先說再見

不願將眼光
稍稍注視自己的國土

而每天早晨
和你們的小臉一樣煥發的朝陽
在校園出現
你們也穿越了重重欺罔的迷霧
提著水桶和噴水器
在校園來來往往
澆灑自己種植的草坪

你們也知道
別人的草坪，再怎麼美麗
還是別人的草坪嗎

——節錄自〈草坪〉．一九七九

這首寫於一九七九年底的詩，吳晟描述學生們提著水桶澆灌自己親手鋪設的草坪，圍繞著這個眞實場景展開的種種呼喚、教誨、鼓勵，卻不只針對他任教學校的學生而已。

之所以拿異國的草坪和風景，與自己土地上的草坪和風景兩相比較，是因爲那一年的台灣社會，正受困於年初中華民國政府與美國政府斷交的集體焦慮，不只是有辦法的人都移民出走，就算沒有辦法的人也想方設法，但求離開這片土地，抵達更有希望獲得美好生活的彼方。

「那個時代政府一直說反攻大陸，但越來越多人知道：這已經是不可能的，所以一有風吹草動就趕快走，再加上和美國斷交，中華民國和世界各國幾乎都斷得差不多了，所以連我身邊的朋友家人都勸我們移民。

「我們是有過機會，但最後，我選擇留下。」

留下來，是一個相對被動、沉默的動作，但吳晟並不甘於被動、沉默，他還要寫詩明志，告訴人們「不要羨慕別人的草坪」，儘管當時台灣連草坪都沒有，倒是水泥地已經開始大量出現（而誰又知道有一日水泥會取代山林，以叢林巨獸的姿態將我們團團包圍？）；不只如此，他還捲起袖子，直接帶領學生在校園內一起行動美化環境，「我所寫的、我所做的，意思很簡單，**我們不必羨慕別人，因爲我們自己就能種**。太陽花學運時，學生喊『自己的國家自己救』，我當時的概念和行動也差不多是這樣——自己的草坪自己種，自己的環境自己維護」。

樹園，行動的開始

二〇〇一年，在吳晟的詩作開始有了鮮明轉向的同一時刻，他「書寫與行動一致」的信念也更爲堅定。母親過世後，在美國的大哥和四位姊妹拋棄田產所有權，由他和弟弟繼承。他將二甲（近二公頃）出地，包含弟弟的持分在內，全買了下來，並重新整理，在這片濁水溪灌溉的黑色沃土播下樹苗。這一年是吳晟正式大規模種樹的起點，儘管在那之前，返鄉教書的吳晟就已徵得母親同意，在自家前院、田邊陸續種下母親最愛的樟樹。

「一開始其實是出於感性，就像小時候不知道爲什麼喜歡培育種子，後來也是單純地喜歡樹，就慢慢種起來。不過很多行爲都是從感性逐漸變成知性，隨著年齡增長，吸收了更多知識，也知道地球環境越來越惡化，這些因素就促成了我種樹的理念和決心。

「我是兩千年從學校退休的。退休後決定計畫性地種樹，正巧那時林務局提出『平地造林計畫』，獎勵一般民眾在自有土地上造林，我也趕緊去申請，就這樣在二〇〇二年正式投入種樹。」

林務局的「平地造林計畫」，在二〇〇二年正式上路時，有個浪漫的名稱「以森相許」。這個連續執行四年，二〇〇六年底告一段落的鼓勵全民造林行動，其實是歷經數次「變身」而來的。

兩千年的台灣總統大選，民進黨獲得執政權，當時民間團體倡議，提出了名爲「綠色矽島」的大規模平地造林計畫。自國民政府執政後掌握大量土地的台糖，在本地製糖業逐漸沒落的情況下，大量土地恰恰適合拿來闢植森林，環保界與文化界因此向政府提議推動「台糖闢建萬頃森林」方案，當時，吳晟也是扮演積極遊說政府採納此計畫的角色。

台糖接納建言，但無意免費釋出其下大量的國有土地。經過多次協商，隔年由農委會林務局推動「平地造林計畫」，鼓勵民間申請種樹，並發給補助獎勵金。

根據給付標準表，補助金分為「私有土地」和「國公有租地」，金額則是大致相同的。台糖便以五千公頃的國公有用地，申請參與這項計畫，在二十年內領取農委會核發的補給金造林，成為計畫中的最大戶。

吳晟提到，「當時能申請通過的農民不多，因為先決條件是『毗鄰二公頃』田地。而我剛好符合。申請到的單位主要是台糖。台糖有很多土地因為這案子成為林地。這個政策不久後就停辦了。但整體來說，當時的政策都在鼓勵農民休耕，發補助金要他們別再耕種。這是非常荒謬的事情，可以看到我們的農業政策完全不管農民，也不好好規劃。**從那時起，我就提倡『與其休耕，不如種樹』**，因為政府發給休耕的補助，和提供平地造林的獎勵金，其實是差不多的。

「我們溪州的土壤是一級的，可以說是全世界最優良的農地，因為我們有濁水溪，它從上游沖刷下來的泥砂沉積在農地，成為富含有機質的黑土，在這麼肥沃的土壤上，種什麼樹都沒問題。

「不過種樹也不簡單喔！不是種下去不管，它就會自己長成大樹，要花很多心力照顧，要時常修枝，注意有沒有藤蔓，颱風來了會不會吹倒……種樹是滿複雜的。」

想起初次拜訪吳晟時，聊到法國小說家讓・紀沃諾所寫的《種樹的男人》。我們拿這位在沙漠撒下千百萬顆樹種子、最終讓沙漠變成綠意盎然叢林的虛構角色，對比他在溪州的種樹實踐，當時，吳晟對小說簡化種樹過程的寫法不那麼認同，「種樹不像小說寫的那麼浪漫喔，不是把種子撒下去就沒事了」。

或許該說，依照樹木的生長法則，在自然情況下，樹種子要灑進土裡是不勞費心的。就像前頭說過的，像樟樹這類原生樹種，對台灣各種氣候、地形的適應性高，因此，只要母樹開花結果，孕育出的種子就可能隨著風力或動物搭載，降落在方圓幾公里內的任何所在，只要陽光和水分的供給無虞，隔年，自動自發竄生的小苗，包準讓你對樟樹的生命力大吃一驚。

種樹三原則：本土性、遮蔭性、未來性

吳晟的樹園種的全是這類強悍容易生長的台灣原生樹種。爲了幫助訪客記憶，他還把園內樹種編成打油詩：「一隻烏毛雞，騎在黃牛背上」，幾個字分別代表烏心石、毛柿、台灣櫸木（俗稱爲「雞油」）、黃連木和牛樟（牛樟不適合平地，

以樟樹代替），對了，還有肖楠和台灣土肉桂。

吳晟的樹園林相豐富，許多樹木我們多半不識，連名字都很陌生，更別說辨識它們的長相和樣態。吳晟很有耐心地帶我們走逛，一面進行「樹木教學」——烏心石、毛柿、台灣櫸木、黃連木和樟樹都是「闊葉一級木」，也是一般人說的「台灣闊葉五木」。所謂的一級木，是依據木材的材積、重量等進行分類，在木材價值上相對貴重的樹種。

吳晟挑選闊葉五木種植，不只因爲在一般人眼中的珍貴性，更因爲它們符合他心中的種樹三原則：本土性、遮蔭性、未來性。

二〇〇一年林務局推動的「平地造林計畫」，以二十年爲期，每年勘查，若樹木生長狀況、數量維持達到預期目標，每年都會提供造林、維護等補助金，每公頃合計一百六十萬元，平均每年八萬元，相當於休耕補助金。吳晟當時便申請並種下了許多小樹苗，不過，他對樹木生長年限的期待，遠遠超過二十年。在他的想像中，樹園裡的每株樹都該從百歲起跳。

「**種樹，是要爲下一代人種的。我很希望大家趁年輕快種樹**，像我二三十歲回來教書就種樹，老了以後就有大樹，下一代的童年也才會有大樹。我母親從前常叫我趕快種樟樹，爲什麼？因爲樟樹是很好的木材，古早時的人都用來做紅眠床，我母親的意思是，我若早點種樹，以後兒子的兒子結婚娶某，就有紅眠床……」

種樹，爲了送樹

吳晟對烏心石的優美和木材品質同樣讚不絕口。從前，這種木材堅實的常綠闊葉樹，在台灣漫山遍野各處都可見，不只如此，烏心石的某個製品更是許多人家中常備用具，「這麼硬、這麼好的木頭，拿來做什麼最好？」見我們露出無知的表情，吳晟搖搖頭說，「哎呀，拿來當切菜的砧板最合適啊！」

除了用作砧板，早年烏心石家具也很常見。吳晟的文友，他以「大哥」相稱的作家王孝廉，有次與吳晟一同在樹園散步，一看見烏心石就驚呼：「好懷念，我家以前都是這種樹木做的家具啊！」

在台灣被視爲良材的烏心石，後來卻逐漸稀有，「現在要專門找烏心石很不好找，前陣子才有個砲兵指揮部營區的將官，喜歡讀文學，在報刊上讀到我寫種樹贈樹，知道有烏心石要送，就跑來跟我要」，吳晟指著樹園遠處角落，「看，那邊還有幾棵烏心石的樹苗，都準備要送給有緣人的」。吳晟說，烏心石是他贈送最多的樹種，「這眞的是很好的樹，樹型漂亮，會開出白色的花，花季長，果實也美，爲什麼這種樹會漸漸從我們的生活中消失呢？」

吳晟極力稱讚的，還有樹園入口處，被灌溉水溝隔在對岸自成一區的毛柿群。「這是最好的海岸樹種，它什麼都不怕──不怕水、不怕乾旱、不怕風、不怕鹹，最適合做爲防風林……」

「毛柿？防風林不都是木麻黃嗎？」我們問。

「那是日本人殖民之後才改種的。更早之前，毛柿是最普遍的海邊植物，不只海邊，山上也有，原住民就很愛種毛柿，因爲漂亮，果實又好吃嘛，我聽說還有一個毛柿部落！」吳晟說，台灣人種毛柿的歷史很久了，最好的證據在宜蘭外海龜山島上，那裡有棵高達二十公尺的老毛柿，樹齡據說已四、五百年，被奉爲「毛柿公」，除了祭祀奉拜，生子也會帶來認樹當「契父」，這項習俗至今依然延續。

跨過水溝之後，有一排被水溝土堤遮住的樹苗，盛裝在盆中，每株大約五、六十公分高。仔細一看，小樹葉片纖細修長，頎長得猶如美少年美少女一般。見我們喜歡，吳晟很得意：「這通通是毛柿啊！」

眞令人不敢置信。這麼秀美的葉子和嫩枝，日後會如何長成海岸邊密密扎扎的龐然壯漢，抵抗二十四小時不間斷，厚重、鹹潤的海風和海水？

這些娟秀的毛柿實在美麗，我們也忍不住跟吳晟討：「老師，可以跟你要樹苗回去種嗎？」

「要種在哪裡？」

「種在陽台，可以換大一點的盆子，像種盆栽那樣……」

「不行。這樣樹長不好，我只送給可以把樹種在土地上的人」，吳晟毫不留情地拒絕了。雖然有點沮喪，但我們很快就釋懷了。吳晟是眞心疼惜、呵護這些樹的。他深知這些能成爲大樹的小毛柿，如果終究不能扎根泥土裡，生長空間有限的盆子會讓它們的根部盤繞難伸，糾結到最後，就算回到土裡，也只能註定是棵不健康的樹。

種樹三堅持：不噴農藥，不灑化肥，人工除草

打從一開始種樹，吳晟就堅持三個原則：一、不噴農藥，二、不灑化肥，三、以人工方式除草，為的是造就一個友善自然的生態環境。當人類不再過度干預，試圖操縱萬物生長，自然便能取回它原有的力量，讓不同物種在此孕育、滋養、競爭、合作，共生共榮。

因為是適地適種的原則，吳晟更是堅持種植台灣原生樹種，尤其，當外來物種以絕對強勢的姿態為其他原生生態製造侵擾，作為樹園的經營者，吳晟只好介入扮演仲裁者，忍痛砍除當年因林務局誤發種子而種錯、強勢排擠性的外來種陰香肉桂。

如果一個人種樹是為了獲取經濟利益，那麼砍樹或許不是那麼艱難的決定。但吳晟種樹是出於愛樹，可以想見即使砍的是「不好」的樹種，心中難免百感交集。

最後，這些陰香肉桂雖然離了土，卻還是留在樹園中。吳晟決定把它們堆放成疊，充當樹園步道的圍籬。他也並未全面砍除所有的陰香肉桂，有幾株暫緩刑期的小樹，還在樹園一隅。那麼，到底要如何辨認台灣土肉桂和陰香肉桂？

「摘葉片咬看看」，吳晟說，「有沒有？陰香肉桂的葉子嚼起來辣辣嗆嗆的，台灣土肉桂的葉子，會有一種甜味。」

除此之外，眼力好的人也可以從兩者葉片的細微差異比對出來：台灣土肉桂的葉表是淡綠色，葉背則是灰白色，小枝條也呈現淡綠；陰香肉桂的嫩葉和小枝都是淡紅色，葉表深綠，葉背淡綠。

其實，除去陰香肉桂，園子裡的物種本就存在強弱之分。吳晟指著眼前兩棵樹解釋，「左邊這棵長得比較大的是烏心石，右邊這棵瘦瘦小小的是肖楠。它們種下的時間差不多，大小卻差這麼多，是因爲烏心石滿強勢的，肖楠比較秀氣，搶陽光搶不過烏心石，就越來越被烏心石壓迫。」

嚴格來說，吳晟的樹園是有些擁擠的。十五年前密植的樹苗，如今多半長到三、五公尺高，一棵接著一棵緊密相連，這種植方式和一般造林不太一樣，原因在於吳晟種樹的目的也和一般人不太相同，**「我一開始就打算，種這些樹是爲了把它們送出去」**。這些親手栽培的樹木，有的到了溪州公墓，變成森林墓園的一份子；有的去到海邊，有些去了軍營、學校、市公所……但留下來的仍有許多，等待有心的愛樹人。

一度在台灣隨處可見，又一度消失蹤影的原生樹種，在吳晟將它們種回來後，也連帶找回了其他絕跡於人類生活空間的生物。

樹園的四季風景

「這裡四季都有不同風景和不同的生態」，吳晟依著時序數算，「烏心石、毛柿、肖楠都是一年四季常綠，黃連木跟櫸木是半落葉性的；春天的時候，從樟樹開始開花、結果，接著是櫸木，夏天就輪到毛柿長出果子……每個季節都有樹木的生長變化，還有候鳥，我對鳥類比較不熟，但是根據特有生物保育中心團隊在這裡長期觀察研究，他們說至少有三十多種鳥類曾出現在樹園中。」

其實，吳晟早在自己的詩作中留下樹園和水田溼地的四季風情。例如這首〈時，夏將至〉，就把應當暑熱逼人的夏天，以沁涼多采、召人同往的樹園景致取代：

時序悄悄推移
稍不留意，便會錯過
黃連木，台灣櫸木，台灣欒樹……
眾多落葉喬木
裸露的枝枒
趕緊換裝的風姿

即使常綠樹
每天也褪下幾襲舊衫
紛紛穿著嫩青嫩黃
亮麗的新葉

時，夏將至，草木茂發
每棵樹盡情伸展千枝萬葉
溫柔承接綿綿密密

或急急沖刷的雨水
緩緩、緩緩滴落給大地

小暑、大暑，漫漫長日
每棵樹，彷如千手觀音
伸展千枝萬葉
欣然迎受炙烈的陽光
傳送清風，轉化暑熱之氣
慈悲庇蔭眾生

暑熱之氣，不斷蒸騰
每一片搖曳的樹葉
都在盡力召喚更多同伴
召喚更多更多的清風涼意

——〈時，夏將至〉．二〇一一

樹園裡的女主人

樹園寄託著吳晟對愛樹的母親最深刻的懷念，但，純園群樹能日日顯出盎然生機，另一個女主人更是不可或缺的要角。

每次拜訪吳晟，他總會提到對這個女子的敬意和歉意。

「我呢，是動口不動手，真正身體力行照顧樹園的，都是莊老師。我真是佩服她，沒有幾個知識分子願意像她這樣在田裡、在樹園付出勞力……」

「他喔，想說講幾句好話，就能彌補我做苦力的辛勞！」吳晟的妻子莊芳華對我們轉達丈夫的讚詞率直回應，雖是埋怨，眼神卻帶笑意。

吳晟和莊芳華自校園裡的學長學妹情侶，到牽手返回農村共組家庭，夫妻生活的苦樂悲喜，其實在吳晟歷來的散文與詩作中留下篇幅不少的敘寫。青春年少的才子與才女，如今已是五個孫子女的祖父母。農村風格的含貽弄孫也不悠閒。每天下午，莊芳華換上工作服和膠鞋，吳晟則抱著大兒子剛出生的稚齡女娃一同驅車到樹園。當莊芳華在樹園內繞行巡視，除草、拔藤蔓、檢查樹木有無異樣，吳晟就坐在園內的休憩農舍下，陪孫女玩耍、哄睡，有時，孫女在他懷裡沉沉一睡就是一個多小時。

「到現在我還是有這『甜蜜的負荷』」，說是這麼說，對於自己能讓孫女在懷中安然熟睡，吳晟可是非常得意。

正當吳晟照料孫女時，我們和莊芳華一同進入樹園各角落，聽樹園眞正的操盤手，娓娓道來她是如何**從無到有打點出這「一野森森蒼莽」**——這形容正出自她筆下，儘管在台灣享有赫赫文名的是先生，但妻子一旦放下農具，執筆爲文，可也寫得一手不遑多讓的好散文。

賞樹、賞花，不單是視覺的攝取，更是生命與自然交融的靈動。懷著一種信念，一種追溯台灣原生情境的感情，當我們家決定在平原上營造一處小森林區時，就捨棄植栽市場，慣常炒作外來種針葉木或顯花植物的風潮，在平原上種下台灣原生特有種闊葉五木。

十數年來，喬木的根系深入土壤最深層，小灌木分佈較淺層，草本根系集中於土壤表層，蘚類、眞菌的假根，直接覆蓋地表，籐本植物、附生植物依各自所需，平均分享該層的光照與溼潤空氣。

——節錄自〈蒼莽中尋細緻〉

這篇由莊芳華親撰的文字，除了申明與吳晟一致的「種樹當種原生樹」立場外，有意思的是第二段文字勾勒出的森林層次地貌，從地表上顯微而常被忽略的苔蘚、地被，到草本、灌木、喬木，藤與附生植物則在這垂直縱貫的軸線上任意爬行攀比。這是莊芳華期望的樹園景致，但，如何在短短十數年以人造建構這個理當經過千百萬年、自然繁衍而成的生態系？

「台灣現在的原始闊葉林幾乎已經絕跡，我印象中還保留原始風貌的，大概就是墾丁的香蕉灣一帶。看到那樣的景色，你會想：台灣本來的土地該是那樣。我們就帶著這心情，開始在樹園種樹」，她一逕往樹林深處走去，**「我們在做的，其實是亡羊補牢的行動，先把闊葉五木種下，再慢慢營造下頭的蕨類、苔蘚、地被，等於是按照大自然演化的順序，顛倒走回去」**。

莊芳華走進黃連木群，蹲下身，撥開底下層層裹覆彼此的草葉，要我們發現：「這是海金沙，是一種原住民的民俗植物；那是台灣卷柏，是瀕臨絕種的珍貴保育類，其他地被植物還有過溝蕨、台灣沙蘿、車前草、魚腥草……」她特別回頭和我們強調，「你別看這好像亂七八糟，我是很認眞的營造的！這些植物都是我特別採種來，希望樹園裡的地被能豐富到像侏羅紀時期一樣」。

說著，莊芳華瞥見一旁的烏心石樹，向懷抱剛睡醒的孫女漫步走來的吳晟問道：前些時送給某間公司的兩棵好漂亮的烏心石，長得可好？還活著吧？

「雖然贈送出去了，可是萬一活不好或活不了，心裡會非常難過的」，莊芳華不放心地再問一次：那些贈樹，都好吧？

吳晟曾以《農婦》一書，細細刻畫母親務農、爲人的事宜與品格。他筆下的莊芳華，則經常是恬靜、忍讓、讓他出外時深情記掛的妻。生命中最重要的兩個女人，就像樹園的兩位地母，一個默默守望，一個輕快走動，以堅毅的心和巧手撥彈出滿園活絡的生命力。傳教士向外宣說、召喚觀照，而女人，才是將言語化爲土地上可摸可觸可嗅聞之物的實踐者。

然後，是水田、濕地

不只樹園，吳晟一家人以樹園爲核心，將友善環境的理念漣漪一般層層推出去。吳晟的女兒，同樣也是作家的吳音寧，在發表《江湖在哪裡》這本台灣農業史報導文學之作後，和父親做出相似的選擇，回到家鄉工作，同時在那片祖母、父親都耕種過的田地展開自種生活。她還一一拜會、遊說鄰近農民，說服他們以契作形式，不再施用農藥，改以友善耕作農法種稻。所謂的友善農法，和吳晟的種樹原則如出一轍：不施用農藥、除草劑，也不用化肥。

樹園周邊的農田因此成為生態復育的基地。一方面，吳音寧以「溪州尚水友善農產」的品牌向農民契作、保價收購稻米，開發通路自產自銷；一方面，她也進行「水田溼地復育計畫」，由特有生物保育中心團隊協助復育的調查和指導，在水田與樹園之間築起生態池，成功喚回了吳晟在〈一起回來呀〉中殷殷期待回返的生態風景：

水草搖擺、青蛙跳躍
魚蝦螃蟹漫遊嬉戲
泥鰍翻攪泥巴
水蛇草蛇悠哉出沒
蜜蜂、蜻蜓、蝙蝠、螢火蟲……
飛鳥從並不遙遠的過去

大家都回來了。樹園和水田溼地，在季節的更迭中輪流上演著枝葉新生、樹冠茂密、花香掩映、果實豐盈、蟲魚鳥獸穿梭覓食、安居繁衍的自然連續劇。緊跟著，人群也來了。

別擔心，這群跟在復育動植物身後走進來的人類，並不像那些寫在史書中「篳路藍縷、開墾拓荒」的先祖，又來重蹈搜刮和掠奪環境的覆轍。他們學習走進樹園、親近生態池和水田，或是靜謐觀察棲息於此的萬物動靜，重新體驗人與自然的親密關係；

或是來參加一場農村音樂會，和群樹一起搖頭晃腦，聆聽吳晟和音樂人兒子吳志寧在鬱鬱蔥蔥的樹影環繞中，和著音樂朗讀一首詩；

也有可能，年幼的孩子跟隨老師來到這個開放的自然空間，用尊重的心和謙遜的創意，從樹園中取材，架設繩梯、搭建樹屋、採集葉片枝條製作生活用品……

只要對樹、對自然懷抱一顆崇敬、愛護的心，吳晟歡迎各種與自然、樹木相關的想像、實踐、活動在家鄉的這片樹園發生。

來，種下屬於自己的一棵樹

「這邊的草長得太高了，之後要用除草機把地清出來，當作另一條樹園步道」，吳晟站在一片半人高的草地上，用手比畫著他已經可見的未來景致：「只要人走的地方除一除草就好，其他的就盡量保持自然樣態，我希望這裡給人森林的感覺。」

森林的構成，除了有高大樹木組成樹林，樹木本身還會分成高處的樹冠層和較低的喬木層，以及樹下的灌木層、草本層，和匍匐在土地上的地衣層。從地表到天空，高高低低的植物族群恣意填滿我們眼前的立體空間，展現豐沛的生命力。人在其中，不再是龐然的萬物之靈，而是與所有自然眾生平等的存在。這，大概就是吳晟預見的樹園遠景吧？

「我想把這裡變成一個結合生態和文學的園區。人們走進來，跟樹的距離可以更親近。我也在考慮製作一些樹的解說牌，但不是寫成一般知識性的資訊介紹，有朋友建議我，乾脆幫每種樹寫一首詩……」

「哇，那太棒了！這樣我們的自然生態解說，就不會總是千篇一律。」

「但這是大工程，很困難的……我還有兩本書要寫，俗事又多……先把步道做起來吧！詩文解說就慢慢弄。不過我已經把步道的名字取好了喔！」吳晟露出喜悅又挾帶一絲羞赧的微笑，「叫做『腳踏實地 純園步道』，是不是沒有文藝氣息！」

倒覺得，這個命名似乎將原有些陳腔濫調的成語，賦予了具體而厚重的身體感。想像每個來者，將足跡一步步拓在濕潤的泥土步道上，每一步都包含著吳晟、他的妻子、他的母親、他的先祖曾經反覆踩踏的痕跡。就像踩踏在他們堅實的行動和信念上，讓這些痕跡沿著人們的步伐流進他們身體裡，於是每一次的腳踏實地，都重新溫習著人與自然的親密感情，也重新提醒著，要如何把這親密的連結，一步步帶到樹園以外，在偌大的土地上延續。

「我真的希望每個人種樹，種下屬於自己的一棵樹，更進一步，種下屬於自己的一片樹園」，吳晟近乎喃喃地訴說著。從字面讀來，這行話語或許充滿熱切與鼓舞，吳晟的表情卻不然。憂慮和急迫，很明白地浮現在他臉上。

「要快點種樹，不然我們就來不及了」。我們這才發現，不知不覺中，天色暗沉沉地籠在樹園上頭。很快地，群樹盎然的綠色，已被黑夜覆蓋得看也看不見了。

野營區
水田生態區
腳踏實地步道
烏心石
櫸木
櫸木
肖楠
純園
毛柿
純園石碑
盆苗區

純園生態導覽

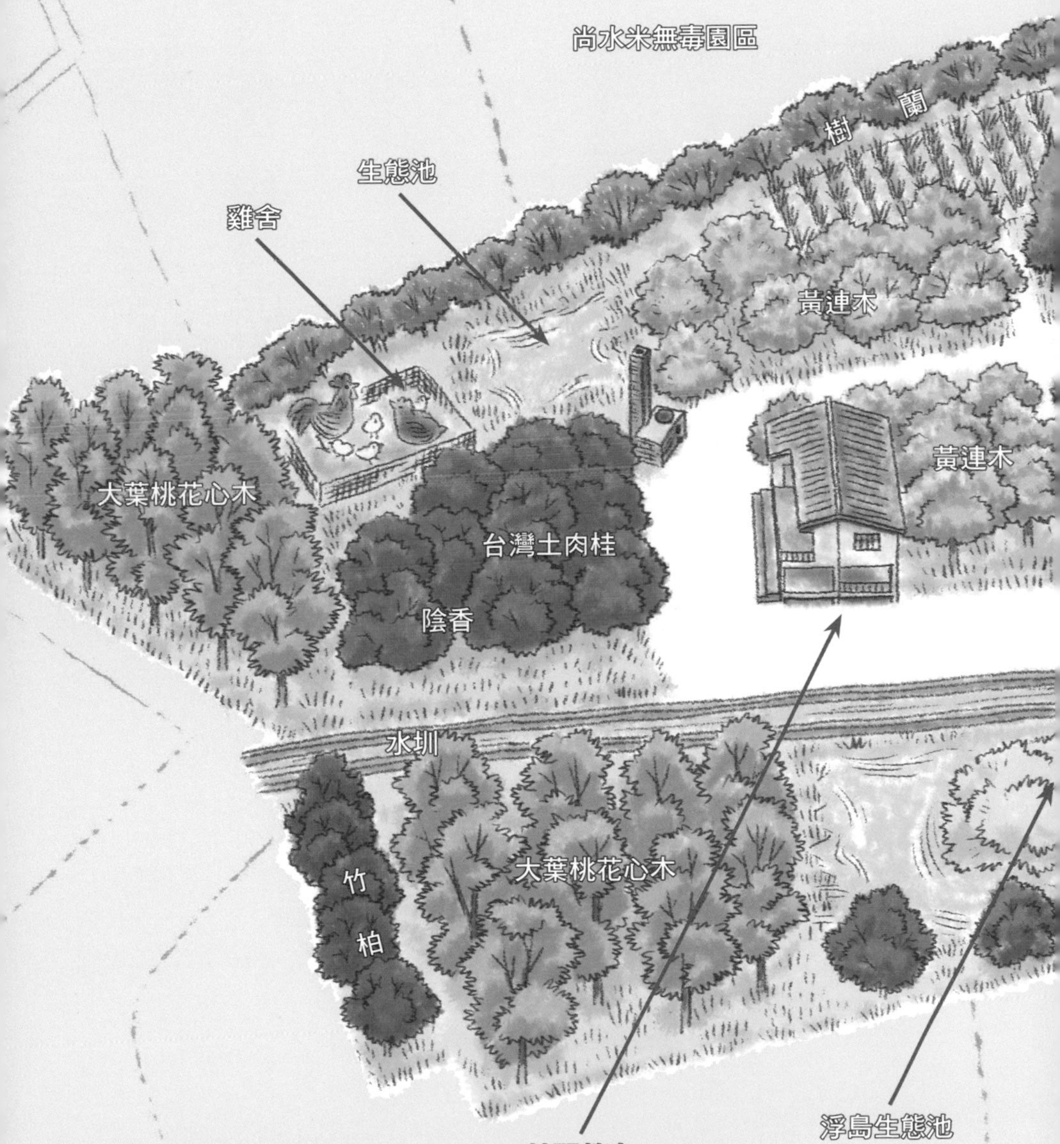
尚水米無毒園區
樹蘭
生態池
雞舍
黃連木
黃連木
大葉桃花心木
台灣土肉桂
陰香
水圳
竹柏
大葉桃花心木
林間教室
浮島生態池

純園生態導覽

和詩人一起讀樹，讀詩

吳晟於二〇〇一年開始種植的樹園「純園」，位於彰化縣溪州鄉圳寮村溪下路三段，占地兩公頃，水田環繞樹園四周，另闢有生態池兩座。

基於「本土性、遮蔭性、未來性」、「適地適種」的選樹原則，以及「不噴農藥、不灑化肥、人工除草」的養護方法，吳晟在樹園中種植了包含闊葉五木等一級原生樹種，目前全區種有：毛柿、烏心石、台灣櫸木、台灣土肉桂、黃連木、台灣肖楠等樹林，亦有零星種植的樟樹、樹蘭、櫻桃、橘子、檸檬、百香果、金新木薑子、山蘇、川七等喬木、灌木、水生與野菜類植物，以及民俗植物海金沙，與地被植物如卷柏、過溝蕨、台灣沙蘿、車前草、魚腥草等等。

目前樹園除了預定作爲森林公園外，也經常對外贈樹，同時，此處全年開放參觀，亦經常舉行生態觀察、課外教學參訪及音樂會相關活動。

【純園入口】

樹園的入口目前分為兩條通道，但它們都從攝影名家張照堂所拍攝的吳晟母親吳陳純肖像處出發。舊步道途經毛柿林、櫸木、肖楠、烏心石區，筆直通往小屋工作室。新的「腳踏實地 純園步道」則從右手邊岔路進入，步道上灑滿米糠稻殼，兩邊以砍除下來的陰香肉桂的樹幹做成圍籬。吳晟計畫在步道沿途的樹林製作詩文導覽，屆時或將成為全台灣最文學的平原森林步道。

攝影／張照堂 提供／吳晟

【種樹三原則】

吳晟樹園林相豐富，種樹的三個原則是：本土性、遮蔭性、未來性。入口純園石碑旁是母親最愛的大樟樹，通向櫸木區旁的步道灑滿落葉和米糠。

【櫸木／肖楠／烏心石區】

樹園前緣爲三種原生一級木混植區，樹木的生態強弱會造成不同的樹種生長趨勢。例如烏心石木就比櫸木和肖楠強勢，若相鄰種植，烏心石長勢較快，較易攫取光線，枝葉茂密程度便會遠勝其他兩樹，形成強者越強、弱者越弱的態勢。

這裡有一處「祕密基地」，孩子親自動手用繩結與樹編成的迷你吊橋，是生態教育的快樂基地。特有生物保育中心研究員則在林間設置蝙蝠屋，進行生態觀察。

提供／中時電子報

【水圳】

流經樹園的水圳是從前還是水田時就有的。建構樹園後，水利局也將水圳兩旁築起圍牆，形成鮮明的區域分界。水圳旁種了一整排秀美的小盆苗、盆樹，準備贈送給愛樹人。

【浮島生態池】

此生態池的特殊之處是池中央高高突起的人工浮島，當年由志工一起搭建架子並在其上堆土造成，目的是提供水田溼地和樹園周遭的鳥類、昆蟲、動物水中棲地。

【毛柿林】

樹葉娟秀可人，樹身挺拔，耐風、耐鹹、耐旱，特別適合作爲海岸防風樹種，夏天會結出橘紅色的果實，是吳晟眼中優雅又實用的原生樹種。強健量多的種子落地後，輕易就能在土中生發小苗，每年吳晟和莊芳華都能採集大量幼苗，製成盆苗贈送外界。

【台灣土肉桂】

台灣土肉桂終年常綠、樹形優美，爲台灣特有種。當年由於林務局的失誤，曾錯把陰香肉桂當台灣土肉桂種，數年後強勢的陰香幾乎不讓其他植物共存，吳晟只好陸續砍除陰香，將之再利用爲步道的圍籬，他將台灣土肉桂一株株種回樹園，在園中散播著獨特的肉桂香。

【樹蘭】

姿態優美的灌木樹蘭，被吳晟栽種在樹園邊界，以此界地。吳晟對樹蘭頗爲讚賞，也極力推薦在較狹窄的城市道路上植爲路樹。靠近樹園後方的一排樹蘭出現一凹口，莊芳華說，那是某年工程車駛進來，因爲樹蘭擋路，就毫不猶豫輾壓過去造成的。台灣人之漠視樹木生命可見一斑。

【生態池與水田溼地】

樹園旁的生態池，對外連接著一大片友善耕作的「尚水米無毒園區」。生態池展現了莊芳華營造水生植物多樣性環境的用心，裡頭有豐富物種：一度瀕臨滅種、如今在台灣多處復育成功的大安水蓑衣，原生種的台灣樹蘭（又稱紅柴）、野薑花等皆環池自然生長。樹園外連結的水田區，以友善耕作方式栽培稻米，形成一大片生態盎然的溼地環境。

攝影／林明樺

【黃連木群】

黃連木群原本面積更大，但爲了建造工作小屋，只得移除部分種植的黃連木，還須退回等比例的平地造林補助款。如今的黃連木群是莊芳華最得意的森林生態營造區，喬木底下植有民俗植物海金沙，與各種地被植物如卷柏、過溝蕨、台灣沙蘿、車前草、魚腥草等等，再加上生長旺盛的姑婆芋，以及山蘇、川七等野菜——此區具體展現了莊芳華「反向營造」森林生態的觀念：先種樹，再讓地被植物、灌木等慢慢回來。

純園組詩

烏心石

以前，並不遙遠的以前
家家户户必備實木砧板
你知道是從何而來？
正是台灣島嶼漫山遍野
原生闊葉一級木
挺拔高大的烏心石樹幹
上百年輪一片一片橫切

——吳晟

學名：*Michelia compressa*
科名：木蘭科
特徵：樹幹通直高挺，葉互生，新芽被有紅褐色毛。春天開花，花被片（花瓣與花萼合稱）細長，約9～12枚，淡黃白色，外形有如小型玉蘭花，有淡淡清香。果實穗狀著生，成熟時開裂，露出紅色種子。
特色：台灣特有種，闊葉一級木，廣泛分佈在台灣中低海拔森林。木材中心顏色很深，又堅硬如石，因此稱爲烏心石。生長緩慢，材質細密，木理均勻，不容易裂開或產生碎屑，製成高品質砧板廣受喜愛，同時，它也是貴重的建築及家具用材。樹冠濃蔭，四季常綠，樹性強健，是優良的造林樹種。

攝影／林明樺

樟樹

暮春三、四月，綴滿黃綠色小花
採下一小叢
湊近鼻端，香啊
仲夏七、八月，小花結成紫褐色果實
撿起一、兩顆
輕輕捏碎，香氣四溢
任何時候，採下一兩片葉子
揉一揉，手掌芬芳，久久不散
香，是樟樹的識別證

——吳晟

學名： *Cinnamomum camphora*
科名： 樟科
特徵： 樹皮有許多縱裂，有如深溝。葉片有三條平行的明顯葉脈（稱爲三出脈），葉緣常呈波浪狀，老葉掉落前會變紅。花黃白色，又小又多，花序呈圓錐狀。果實爲圓球形漿果，紫黑色。從葉子、枝幹到果實，全身充滿特殊香氣。
特色： 台灣低海拔森林最主要的組成樹種，樹型優美，壽命甚長，常成百年老樹，爲闊葉一級木。全樹具特殊香氣，可驅蟲，常製成家具或木雕藝品。砍下樟樹削成薄片，熬煮提煉出的樟腦，是早期台灣三大出口物產之一，爲台灣奠定重要經濟基礎。

櫸木

櫸之名，其樹高舉開闊
枝幹向四方斜上生長
秋季滿樹葉片染上金黃色
引人遐思
春天萌發新葉
傳遞生生不息的喜悅
最佳庭院樹

——吳晟

學名：*Zelkova serrata*
科名：榆科
特徵：樹幹筆直，具光澤，樹皮常有一塊塊的鱗片狀剝落。葉子互生，多呈左右平面排列，葉緣有細鋸齒，葉片粗糙，葉脈明顯，於葉背隆起，葉先端尖。
特色：台灣中海拔山區常見樹種，枝條向上伸展高舉，因此稱爲「櫸」木。樹冠倒三角形，氣質高雅，非常適合作爲庭園樹和行道樹。秋冬時葉子會轉成紅、黃，比起楓紅毫不遜色；葉片落盡後的枝條姿態亦美。闊葉一級木，木材呈紅褐色，材質硬重，研磨後呈現油亮光澤，是高級地板、樓梯扶手和雕刻佛像的絕佳木材。

黃連木

主幹直立、枝幹斜生
小枝細軟繁多，樹姿優美
春天萌發紅色嫩葉
喜洋洋氣息
夏天一樹濃密
綠意盎然，遮蔭性強

——吳晟

學名： *Pistacia chinensis*
科名： 漆樹科
特徵： 樹幹時有片狀剝落。葉子爲奇數羽狀複葉，互生，小葉6～10對，先端尖，嫩葉深紅，具芳香。冬季落葉，春天先長葉後開花，花小而多，雌雄異株。果實爲核果，倒卵狀，初爲紅色，之後變特殊的紫藍色。
特色： 原生地在台灣中南部與花蓮低海拔的河岸山谷或海邊礫石地，適應力強，能作爲鹽漬地和惡地地形的造林樹種。剛發出的嫩葉爲深紅色，有時滿樹紅色嫩葉，展現另類的紅葉景觀。而嫩葉逐漸轉綠時，同一片羽狀複葉上，依序有著深綠、翠綠、黃、橘、紅的漸層變化，也值得欣賞。老樹的中心常腐朽、空洞，又稱「爛心木」，但木材堅硬而細緻、緊密，花紋優美，爲闊葉一級木。

毛柿

軸根系，直直釘入寬厚土壤中
抗風、耐旱、防沙
啥米攏無驚
七、八月橙紅果實掉落
種子自行發芽
最適合種植海岸
茁壯成鬱鬱蒼蒼防風林
——吳晟

學名：*Diospyros philippensis*
科名：柿樹科
特徵：樹幹黑褐色，枝葉濃密，全樹的枝條、葉子、果實都披著黃褐色的絨毛。葉片大，15～30公分長，葉背有毛。果實為漿果，球形，約人的拳頭大，上面佈滿軟毛，成熟時呈橘紅色。
特色：原生於台灣東部及南部熱帶海岸森林，抗風力強，可作為海岸防風樹種。和我們常吃的柿子為同科親戚，夏天會結出橘紅色的大果實，相當引人注目。果實表面佈滿毛絨，因此稱為「毛柿」，去皮之後，可以食用，但比起市售的柿子略為遜色。木材質地堅硬，中心黑色，是名貴的黑檀木之一，名列五大闊葉一級木。

攝影／林明樺

台灣肖楠

以福爾摩沙之名
筆直挺立的英姿
矗立在台灣島嶼中海拔山坡面
那一身寶塔般拔高的青綠
令我久久仰望
引進平原種植
依然昂揚堅定
最喜愛一排一排綠蔭下
清涼微風、詩意盎然

——吳晟

學名：*Calocedrus formosana*
科名：柏科
特徵：樹冠圓錐狀，樹幹筆直。樹皮薄，淡紅褐色，老時常呈條狀剝落。葉爲鱗片狀，4枚合生，十字對生，扁平。
特色：台灣特有種，在海拔一千公尺左右的山區較多，但很特別是，如將它栽種在平地，它也能適應；加上它是常綠針葉樹，尖塔狀的樹冠飽滿，姿態優美，又無落葉現象，無須太多管理維護，成爲平地與山坡造林的優良樹種。木材呈黃褐色，俗稱爲「黃肉仔」。材質密緻，可製作優良家具、建材等，木屑具芬芳氣味，也可製作高級線香，爲針葉一級木，具高經濟價值。

台灣土肉桂

我喜歡藏身在
甜甜圈、卡布奇諾咖啡、五加皮酒中
我也喜歡進入廚房
燉魚燉肉滷蛋，攏總適合
釋放愉悅的肉桂香
我的葉片樹枝樹皮樹根
提煉精油，驅蚊兼殺菌

你可以摘取成熟的葉片
清水煮沸，飲品提神醒腦
或直接放入口中咀嚼
辛香氣味中，甘甘甜甜
我是台灣特有種
就是土，才有價值

——吳晟

學名：*Cinnamomoum osmophloeum*
科名：樟科
特徵：葉互生，長橢圓形，先端尖銳，質感為較厚硬的革質，光滑無毛葉片有三條平行的葉脈（三出脈）。花梗與花被密生白色絹毛。
特色：摘一片台灣土肉桂葉子放入嘴中嚼一嚼，一種辛辣又香甜的滋味，立刻會在口中驚奇散開。台灣土肉桂為台灣特有種，原先廣泛分佈在台灣低海拔闊葉林中，但因這個區域的開發破壞較為嚴重，加上它是台灣數種肉桂類的植物中，肉桂香氣最濃郁的，可以作為真正的肉桂的替代品，因此常遭砍伐採集，數量曾經甚為稀少，值得多加種植復育。台灣土肉桂終年常綠，樹型優美，可作為庭院樹來欣賞，還能享受葉子泡茶的樂趣呢。

月橘

俗名七里香

沒有誰該被奴役
沒有哪一種植物
天生要當圍籬
請勿將我們密密麻麻擠在一起
修剪又修剪
給我們寬厚土壤
和足夠的空間
一樣可以枝葉繁茂
開展優美樹型
綻放白色花瓣
飄散清香一里、二里……七里

——吳晟

學名：*Murraya paniculata*
科名：芸香科
特徵：常綠灌木或小喬木，奇數羽狀複葉，互生，揉搓葉片有類似柑橘的味道。花白色，花瓣5枚，有濃郁香味。果實為漿果，形狀像迷你檸檬，成熟時呈鮮紅色，可食。
特色：大家相當熟悉的植物，夏天開出滿樹白花，香氣濃郁，又稱為「七里香」。被廣泛種植在庭院、校園、公園等地作為綠籬，常被誤認是外來園藝植物，但其實是台灣低海拔山區的原生種。如果不修剪它，它也能長得頗高大，像棵小樹，是空間不足時的種樹好選擇。樹齡大的月橘常因樹幹扭曲，呈現出崢嶸的姿態，被人當成高級的盆景，墾丁國家公園就曾發生過好幾次野生的老月橘樹被山老鼠盜採的事件。

攝影／林明樺

第4章

種樹，莫一窩蜂亂種

攝影／鄒欣寧

我心憂懷

你問我平靜近乎安逸的
晚年，還有什麼牽掛
為何滿臉滄桑
每一道皺紋，掩藏不住憂傷

自家庭院樹蔭下
每一陣清風吹拂、每一聲鳥鳴啁
啾
都可以作證
我多麼想將滿懷感恩
夾進閒適的詩篇

…………

你問我順遂近乎圓滿的
晚年，還有什麼不足
為何四處奔走
聲嘶力竭的呼喊
每一個腳步，掩飾不住急切

吾鄉遼闊的田野
四時作物歡欣成長、豐饒收成
都可以作證
我多麼想將恬淡知足
譜成歌頌的旋律

我坦然接受年歲老去
而憂傷，點點滴滴
滲進清風、滲進鳥鳴
滲進遼闊的田野
侵蝕著我的閒適與安逸

我確實經常滿懷憂傷
憂傷阻擋不住
挾開發為名的洪流，繼續氾濫
掠奪了山林、掠奪河川
掠奪了田地、掠奪海岸

一地又一地，抵押舉債
占領，糟蹋殆盡，而後
毀棄，留下萬劫不復

我確實經常滿懷
憂傷，看望未來

總有一天
越來越龐大的環境債務
勢將背負不起
宣告徹底破產
哪裡還有安身立命之處

——吳晟・二〇一一

進入體制，尋求改革

那天，原以為我們會一如以往，坐在吳晟位於溪州那座茂密、悠然、歲月靜好的樹園裡訪談。

田中火車站外的值班計程車，一聽到「溪州吳老師」，無論是吳晟的老家或是樹園，不必贅言地址，就會露出了然的神色，示意我們上車出發。

從車站轉過幾條街口，很快地，窗外風景就從台灣鄉鎮典型的熱鬧市街，變成了一畦一畦的田園景觀，不過，相較於嘉南平原是一大片望之不盡的稻田，彰化溪州這裡，則是水稻與苗圃交錯。台灣中部是園藝重鎮，舉凡田中、田尾、員林、溪州，多的是經營兩、三代的花農和樹農。

在經過幾片植滿一人高小樹的苗圃後，計程車司機嫻熟地將車駛進圳寮村溪下路三段的樹園入口。吳晟已經站在那兒不知等候多久，我趕緊搖下車窗喚老師，他卻不斷搖手要我別下車。車一停妥，他隨即打開車門坐了進來。

「今天我要帶你們去一個地方看看。」

「咦，老師，我們今天不是要做採訪？」

「要做，要做，但我們先去看看實際情況到底是怎麼一回事。」

嗯……看來，今天的訪談會是一個驚喜。

吳晟說，今天的行程，他還邀請一位黃先生加入。黃先生是他長年合作的園藝商，專精移植樹木，「我們樹園裡每年都會有些樹需要移植，這些移植都是由黃先生進行的，他功夫很好，移植成功率很高……」

在等待黃先生到來時，吳晟娓娓聊起他最近擔任台中市政府「樹木委員會」的委員一職，屢屢在諮詢會議中對公共工程的植栽綠地提出建議，和廠商或公務員往返交涉，苦口婆心到最後卻忍不住生氣的經驗。

「都是觀念問題，跟他們講也講不聽，光顧著工程延宕，就粗暴、胡亂對待樹木植栽，也不想想，那都是生命啊……」在會議上動肝火，沒想回到家，女兒吳音寧也跟他生氣，責備了他一頓。

兩人間的衝突，其實都是因爲心疼對方，「唉，她自己也在體制內工作，知道很多時候，體制結構的問題，以及太多的弊端，久而久之，讓所有人都變得因循、僵化，只會『依法行事』，很難溝通。她是氣我跟他們講這些，溝通觀念，攏沒效啦！」

吳晟說罷，揮揮手表示不提了。

抗爭與改革的抉擇

這幾年，對社會不公義、對農民處境和自然環境，同樣有著義憤與改革熱忱的父女倆，在體制內尋求創造改變契機，他們不是不知道，改變是一條多漫長、艱困、挑戰重重的路。最難的是人性。一再面對積習和慣性難改的多數人，免不了挫敗和憤怒，一想到親愛的家人也和自己一樣，因著信念和固執，遭遇相似的挫敗和憤怒，便忍不住生氣叨唸對方。與其說生對方的氣，不如說是疼惜吧，疼惜對方也受自己受過的苦，事情卻不見得能變得更好……

「可是老師，到底爲什麼你會選擇從體制外的抗爭者，進到體制內，去市政府當樹木委員？」

「我曾經回想過，其實我的基本個性，從小就是會抗爭，但都是在體制內抗爭的人。講個好玩的，學生時代我如果跟老師爭執，一定都是立正站好，不會口出惡言，但是，我的立場會很堅定，表達會很清楚，這是我的原則。

「高中的時候我是班長，有次看到教官打學生，這在從前是很普遍的，但我覺得不對，後來就利用幹部會議對這件事表達我的看法。校長找我去，跟教官面對面談，我也很有禮貌，就說『報告教官，我沒有惡意，但你這樣從後面揣學生打學生，我認爲不對。』

「幾次經驗下來，我發現這樣的態度其實也是有用的，**你在體制內給予建言，是有可能被接受的，所以我從年少就養成用這種方式溝通**。我常說，抗爭是最後不得已的手段，但是即使在抗爭過程中，你還是不能放棄溝通，如果只是抗爭、只有對立，那就關掉了對話管道。進入體制，更能確切了解官僚體系法令規約的弊端。」

成爲樹的傳教士

「況且，很多錯誤不必然是人格問題。當然，如果是貪圖利益或其中有利益糾葛，這種是沒辦法溝通的，但觀念層次是有可能討論的。比如說，一般行政人員和發包廠商對樹木不了解，所以會種錯樹、或用錯誤的方法種樹，那是因爲他的基本知識不足，如果他知道那樣會讓樹死掉，他還會做嗎？但是相對地，你就要一直反覆跟他說明，直到他理解爲止。莊老師常開我玩笑說『你眞的很有耐心耶！可用苦口婆心來形容。』我也很希望不用一再重複講，但是，講久了總會有效吧！」他補充。

基於這種傳教士般的精神，二〇一五年，吳晟在台中新任市長林佳龍的盛情邀約下，應允擔任市政顧問，成為「樹木保護委員會」一員，並對新市長訂立的政策「八年種植一百萬棵樹」專門負責監督和審查工作，小至一兩棵申請移植的路樹，大至公共工程的植栽內容，都由這個委員會定期開會審議。

「其他委員多半是學者專家，有森林系教授、林務局專家，也有民間園藝專業人士，只有我的身分比較特殊，是跨界的」，吳晟赧然一笑，「全台灣哪有作家像我這樣不務正業？可是呢，你看，我平常在家裡樹下坐著多涼快，為什麼要去跟他們講成這樣，還會忍不住發脾氣？」

抿了抿嘴，吳晟正色道，「重要的是成事，不是成英雄。**只要行政人員能接受正確種樹的意見，我們的目的就達成了**。更何況，我做的事情無關個人利益。我是退休人員，生活已有保障，種樹送人也都是捐贈，而非追求更多利益。既然要當個改革者、推動者，就不能想圖利，一旦你涉入利益之中，理念就會被打折扣」。

都市森林的想像

黃先生在我們用完餐後與我們會合，一行人接著開車往台中中央公園預定地前去。

中央公園，其實是台中重劃開發的「水湳經貿園區」內公園預定地，這片位於西屯區、面積兩百五十公頃的園區，目前被規劃為生態住宅區、經貿專用區、文化商業專區、創新研發專區及文教區。其中，原名為「清翠園」的公園用地將廣植一萬多株、要求完全種植原生樹種的樹木，成為類似紐約中央公園的都市森林，並連結北側太陽能發電系統與南側的水資源回收中心，預計成為自給自足的資源循環區域。

歷經兩任市長的清翠園計畫，曾因變更設計內容而引起爭議。前任市長胡志強任內的清翠園，預定打造成一個「未來公園」，透過微氣候調節、地冷、水霧散熱等科技裝置，讓公園維持恆溫恆濕；林佳龍推動的清翠園，則以廣植樹海、引太陽能發電來維持此區域的自然循環。有人說，變更後的清翠園「沒有創意和特色」，有人擔心園內仍會有太多水泥、耗能設施……不過，讀了這些新聞報導後可進一步思考的問題是：為什麼到現在，我們仍會掉入一種過時的思考陷阱？

這個思考陷阱是以老舊的二元價值建構的，例如，把「經濟發展」和「生態保育」對立起來，把「創意、特色」跟「自然景觀」對立起來，似乎有你就沒有我，兩者絕無可能取得雙贏共生。

更何況，論者會不會也忽視了，對於深受空污和自然地景不斷流失的台中市民來說，也許一**片能容納人們自在徜徉、呼吸的樹林**，會比有「創意、特色、帶來目光與商機」的未來公園還被迫切期待？

不過，這些與清翠園相關的文件和報導，那天在車上還無從閱讀知曉，只知道我們正要前往一塊即將種滿樹木的公園預定地。據說，這個公園比大安森林公園還大上兩倍不止。不知道吳晟待會兒會不會比劃著未來樹木們將長成的模樣給我們看，於是我們就能見識到「百年樹木」無中生有的起點……

空蕩蕩的樹穴

二月的中部雖然沒有台北濕冷，但是從車窗向外看去，雲層厚重的天空顯得陰鬱。手機裡環境空污指數即時偵測的 APP 顯示，彰化台中一帶的 PM2.5 數值高得讓人心驚。在提袋裡翻找口罩的時候，坐在副駕的吳晟指向車窗外：「你們看看這些行道樹被弄成什麼樣！」

那是全台省道旁再尋常不過的景觀：一棟接著一棟蓋的民宅前面，是寬度不過一公尺的人行步道，但是這麼狹窄的步道，每隔幾公尺就會被方形樹穴阻斷；樹穴本該有樹，可是在吳晟指出的那段人行道上，樹穴十之八九空空如也。說空空如也，其實仔細一看，就會發現泥沙覆蓋的樹穴表層，殘餘的樹頭或樹根伏在上頭。不需用「屍骨」、「控訴」來比擬它們的姿態——有些時候，用文學的擬人修辭或泛靈觀點加諸於萬物之上，只會讓人對自己是人類的事實感到萬般沉重罷了。

偶然我們會看見幾株身形憔悴但至少還在樹穴中挺立的樹。印度橡膠濃厚有勁的樹葉，被日夜不停疾駛而過的車輛所揚起的灰塵泥沙蓋得灰撲撲、暗沉沉。山櫻花更慘，原本該醞釀著即將到來的花開滿枝，現在卻還是光禿禿、瘦憐憐的枝條在風沙裡搖擺……

一窩蜂亂種

「這裡根本不該種這些樹。第一，它們都不是原生樹種，不見得適合這裡的氣候跟環境。第二，這麼狹窄的人行道，根本不該再挖樹穴種喬木，人不能走，樹不能活，嬰兒車和輪椅也不能過，到底對誰有好處？」吳晟說，「再看看那些空的樹穴。人們砍除這些樹，多半只是因爲那些樹佔位子、遮光、有礙風水……」

原本專心開車的黃先生，要我們別只顧著看右邊的路樹慘狀，左邊種在安全島的一排小葉欖仁，一樣形容可憐，「這排樹很難長高長好了，不信你們看看樹上面，種的人根本無視整排橫過的電線。」

「前面那邊幾棵長得很高的，是不是黑板樹？」我們問。

「對啊，這裡『金害』，全都種外來樹種」，吳晟嘆氣。

吳晟推廣種植原生樹種是近年稍關注樹木者都知道的，但，難道我們必須拒絕所有外來樹種？

「這是一個很重要的生態思辨」，吳晟說，「人類本就不該隨便把物種攜來帶去。尤其很多時候，**萬一遇到侵略性很強、生長強勢的外來樹種，很快就會影**

響本土原生物種的生存空間，最好的例子，就是造成生態浩劫的小花蔓澤蘭和銀合歡。

「台灣因爲歷經不同的殖民統治，很容易受到外來文化影響。我們原本的闊葉五木多好？又是一級木。但人們卻覺得，中國文化的松柏常青才是好的，或是把庭園造景弄得像日本一樣，甚至也學日本人種植櫻花賞櫻，卻不想想，台灣不像日本是溫帶氣候，我們是在亞熱帶耶！

「爲什麼不讓每個國家都保有各地的特色，要賞櫻就去日本，賞樟樹就來台灣？要不然，你在植物園、植物館內展示不同區域的植物，也不是不行，爲什麼要到處種呢？

「更何況是城市的路樹規劃，牽涉就更複雜了，台中的黑板樹爭議就是一個最好的例子。」

確實，黑板樹應該是近幾年被「黑」得最徹底的樹種了。不只台中，全台各城市總有幾條馬路可見到這來自印度半島和東南亞的夾竹桃科喬木。黑板樹在台灣蔚爲流行，大約是在一九八〇年代左右，園藝商人引進黑板樹的理由有幾個：它的樹型高大挺直，輪生葉片姿態別致，更重要的是，這原本在南亞雨林中生長的樹種，生長速度驚人地快，對於八〇、九〇年代隨著經濟起飛而迅速發展的城市文化來說，這種長得快速的樹種，是最適合引進速食文化的台灣各城市栽種，能最快看見成果。

黑板樹的罪與罰

數十年過去，黑板樹果然不負眾望，動輒以超過十公尺的身高聳立於馬路和行人道上，然而，它的副作用也同時浮現：雖然生長快速，相對地，它的根系需要的發展空間也大，樹幹質地也較鬆脆。一旦種在狹小樹穴，周圍又以水泥密封，根系必然會設法尋找出路，因此黑板樹竄根、浮根，造成行人絆倒摔傷的新聞開始出現；另一方面，鬆脆的樹身容易折斷壓傷經過人車，這點讓黑板樹成爲城市安全的一大危機，也就更別提秋冬換季時，它的花香氣味「獨特」，讓民眾頻頻打電話和各地政府申訴：可不可以把這種臭氣薰人又有公共危險之虞的樹砍掉？

曾將黑板樹選爲市樹的台中，是全台種植黑板樹數量最高的城市，台灣大道（註：原「中港路」）、中興大學附近的興大路、科博館附近的館前路，都是非常搶眼鮮明的「黑板樹大道」。根據台中市政府在二〇一三年的統計資料，全台中種植的黑板樹多達一萬七千多棵。也因此，當黑板樹逐漸成為「擾民第一」的樹種，台中市民的抱怨遠比其他城市更多。

其實，在吳晟眼中，就像自己親手栽種的陰香肉桂，終究因其過度強勢影響樹園生態平衡而忍痛砍除，「黑板樹造成的危害已經很明顯了，連路面都拱起來，這是以前的錯誤，既然錯了，就要趕快改正，不要繼續錯下去」，吳晟嘆口氣，「最近台中市政府會砍掉六千棵黑板樹。為什麼不採取移植，而是直接砍除？要知道，移植一棵樹徑四十公分左右的黑板樹，費用約七、八萬都有可能，而且，要移植到哪裡去？移植後，可以活多久？如果當初選擇適當的樹種當路樹，就不會衍生出要移還是砍的問題了。」

始亂終棄的種樹亂象

「台灣人一窩蜂亂種的，不只是黑板樹」，吳晟信手拈來，全台灣到處都是例子，從過去曾流行一時的小葉欖仁、櫻花，到最近幾年蔚為風潮的桐花、藍花榲、黃金風鈴木、落羽松……但凡園藝商一炒作，從民間、建商到公部門就會集體陷入不問是否適地適種、一窩蜂種植的「種樹狂熱」。

「爲什麼我一再強調，原生樹種比這些外來樹種更合適？好比落羽松，最近流行得不得了，不只建商用落羽松營造歐洲風情，連花蓮都出現賞落羽松的『祕境』，問題是，落羽松是北美沼澤溼地的植物，生長快速，而且會冒出像竹筍一樣的呼吸根、膝根、板根，有多驚人？把它種在城市當路樹，未來怎麼可能不出現破壞路面、影響行人安全的事故？」過去一年來，吳晟屢屢在報章媒體著文、受訪時呼籲不宜種植落羽松，無奈台灣人熱愛集體迎合市場流行的習性，自從前從前的葡式蛋塔到今日種樹，始終未變。

再如櫻花，這個吳晟口中的「殖民樹種」，是日人引進來台，但當初日本人將適於寒冷氣候的櫻花種在中高海拔山區，近年爲求追隨日本賞櫻花季風潮的台灣人，卻是在炎熱的平地四處栽種，吳晟的家鄉彰化，就曾在海岸的台十七線公路種了二、三十萬棵櫻花樹，且還用磁磚將樹身團團包圍，幾乎全都死亡，即便存活下來的樹也都長得弱弱小小，先天不良，你說，要它們怎麼好好活？

「基本上，過度單一化的樹種都對環境不好」，莊芳華也說。作爲吳晟經營樹園最得力的助手——其實何止助手，她才是蓊鬱樹園的眞正操盤手——同樣有一雙散文妙筆的她，也曾敘及台灣人大量種植油桐花、藍花楹、黃花風鈴木等景觀樹種，並對其絢爛樹花的迷戀，同樣也是「單一性」導致。這個單一，指的是美感的單一，「我們總是覺得花開得茂盛才漂亮，人對美的感受也局限於『絢麗』的才叫美，所以沒辦法體會另一種美。常綠闊葉林爲什麼不美？你看我們樹園裡的烏心石，開的花雖小，卻秀雅清香，可惜對多數人來說，豆科樹花的豔麗才是漂亮」。

台灣土肉桂的一堂課

提到單一化樹種，吳晟也以樹園種錯的陰香肉桂爲例。當年和林務局申請造林用樹苗時，一方面是造林計畫的規定，一方面也是吳晟對種植本土樹種的堅持，除了闊葉五木外，他還另外申請台灣土肉桂樹苗栽種。台灣土肉桂屬於樟樹家族，不過比起樹，我們對它出現在廚房、餐桌、咖啡店裡的樣子大概還比較熟悉。不管是直接食用的肉桂葉，或是添加在料理中提味的肉桂粉，都說明了台灣土肉桂與我們的生活距離並不遙遠。

但是，和台灣土肉桂外型極度相似的陰香肉桂，可就沒有前者這麼受歡迎了。陰香肉桂是外來樹種，繁殖力非常旺盛，在土地有限的情況下，會剝奪其他原生樹種的生存環境，因此，也有人形容它爲「植物界福壽螺」。無論從種子、小苗或成樹樹型判別，陰香肉桂和台灣土肉桂的長相幾乎難以區分，也因此，當林務局誤發了陰香肉桂的樹苗給吳晟時，吳晟毫無察覺，直到種了兩三年後，才被苗木界朋友告知，他誤把陰香當成台灣土肉桂種下。

當時他還發現，種植肉桂樹的區域地上幾乎沒有其他植物，只有一大堆樹種子爭先恐後冒出的小苗，經確認後，知道自己樹園已被強勢的陰香肉桂盤據，由於此樹入侵性強，無法與其他生態植物共存，想打造一片多元共榮森林的吳晟只能痛下殺手，分批砍除這些大量生長的意外訪客，否則，不消幾年，樹園恐怕全被陰香肉桂吞滅，不留其他物種的生存空間。

對於林務局以專業機構竟能發錯種子，吳晟百般不解，而這種行政無知或失職的結果，事實上也是造就台灣許多一窩蜂亂種甚至生態浩劫的推手。

他歸納道，一直以來，談到台灣的樹，有兩個很大、很根本的問題。一**是毫**

不考慮後果地全面濫砍，造成日後國土保安的嚴重危機；第二個問題，是在胡亂砍樹後又胡亂種樹，一窩蜂亂種的結果，就是這幾年層出不窮的路樹影響公共安全事件。

「我們對待樹，就是『始亂終棄』四個字」，說罷，吳晟陷入一陣很長的沉默。車窗外，那些怎樣都清點不完的路樹慘狀，繼續從眼前掠過。

公園預定地裡的樹墳場

水滴經貿園區的風真大。才一下車，風勢強勁地往我們身上撲過來，連帶也把看得見的風沙、看不見的塵埃通通吹襲而來。心想著，不知這風是從哪來的？是北邊的大甲溪河岸？更遠的台灣西海岸？或者是隨飛機起落而從不休止的狂風，無視時間，永恆存在此地？

採訪的錄音機也記錄下這不甘寂寞的風。當我們才剛下車，面對眼前所見驚惶互問「怎麼會這樣？」時，那聲音幾乎要被風的呼嘯遮蓋。

怎麼會這樣？在我們面前，是一片應該叫做「樹林」的景致。但這些樹凋零萎敗的模樣，讓樹不成樹，林不成林。

怎麼會這樣？風的嗓門很大，但它沒給我們答案。

「這裡應該是假植區」，吳晟走近每一棵樹前仔細查看，「應該都是老樹。這幾棵粗的是芒果，這幾棵是苦楝，大葉山欖，還有這棵鳳凰樹」，他的嗓門也變大了，「差不多都死了，沒死也剩不到半條命……」

吳晟竟然還能從殘存的樹根認得出它們是什麼樹。在我們看來，這些樹幾乎一模一樣——樹身晦暗斑駁，枝條稀疏枯落，上頭空蕩蕩的毫無葉片，或是幾叢新葉自奇怪的地方聚集冒出：不在樹梢（反正已無樹冠可言），而是樹身中段，看起來被攔腰切除粗枝之處。

才說過不要再擬樹爲人了，對無視樹是生命體的人來說，這種比擬只會讓他們認爲天眞爛漫到缺乏理性，但在那個當下聯想到的畫面卻還是：如果在我們面前的是一群人，這是怎樣的一群人？

從戰場上被退回的殘肢病體，還是火場裡抬出、難以辨認的軀幹？

但這不是戰場，也不是火場。它們是一群原本被種植在水湳機場某處已數十年的樹木，因爲人類決定改變這片土地的用途而將它們遷移到這個暫時的棲身之地，等到人類將土地和空間重新安排妥當，再將它們二度移植到規劃好的新棲地。這個區域之所以稱爲「假植」，就是因爲對樹來說，只是片暫時的土地。

「要怎麼二度？一度都快死光了！」站在一棵大葉山欖旁，吳晟伸手輕觸光禿禿的樹身，「樹皮攏落成剩這樣……」

「眞的死了嗎？」看看樹枝上殘留的幾片葉子，我們還帶著一絲希望地問。

「確定死掉了！」吳晟說，「這就是他們說的『集中管理』，管到全部死掉」。

「這裡好像墳場……」我們嘆息。也回想起曾經讀到一些愛樹人對「樹木銀行」的抨擊，那些同樣爲了暫時安置移植樹木的場所，由於照顧不周、管理不當，形同「樹木墳場」的悲慘景象。

「畢竟，樹跟我們人類不一樣。**我們人如果住到不合適的地方，搬家就好了。但樹沒辦法自己搬家，所以，一旦要移動樹木，特別是老樹，一定要做很長時間的規劃，讓樹做好足夠準備**，還要用正確的移植方法，否則，要不是讓樹半死不活，就是慢慢死掉」，黃先生在一旁有感而發。

發包工程之惡

看著這群猶如老弱殘兵的樹木，儘管有些已經被吳晟斷定死亡，從它們因被任意截斷粗枝後、從樹身胡亂伸展出的細瘦枝條，仍然可以讀出它們拚命想存活下來的欲望。

「既然明知移植樹木不容易，爲什麼還是要這麼做？而且做的結果這麼糟糕？」

「這是因爲我們太習慣以工程爲主導」，吳晟娓娓道來一個建設工程中的植栽是怎樣被規劃、實施的：「通常一個建設工程是由營建商整個承包下來，裡頭的不同工作再由營建商外包給不同廠商，這麼一來，外包就不會受到政府和公部門約束，而是直接向營建商負責。

「以植栽爲例，標工程的人通常不具有綠化專業，所以會外包出去，但營建商也要賺，所以會從中抽成，用更低廉的價格發包，假使又有層層發包的狀況，最後拿到工程的人，就算是專業的，卻沒有賺頭，於是就容易便宜行事。

「但這還不是最可惡的。最可惡的是連發包都沒有，直接用工程的人去做，連移植需要小心斷根、養根、包覆根球、需要先計算時間和空間……通通都不知道，就直接把一棵樹挖起來，再隨便找個地方種下去。

「另一個工程為主的思維，就是無論以後要規劃成什麼樣子，先整地、覆滿級配再說。意思就是先把地上所有的東西移除，包括樹木，等到變成空地，再重新安排每一地層塡入的土石配料。但級配的土壤層通常不夠深，無論新種或移入的樹木，根系都很難伸展，更別提具備保土、保水的功能。」吳晟細細地為我們說明。

移樹難

倘若時間能倒轉，吳晟說，最好的方式，是**建設規劃初期，除了營建專家之外，也要納入生態專家的規劃和意見**，例如，整體植栽如何考量當地氣候環境因素設計，哪些樹木應該原地留存，後續施工時如何保持樹木妥善的生存空間等等。

「畢竟，移植樹木是最後不得已的手段」，即使是專營樹木移植的黃先生，也認同移植樹木在非必要的情況下，最好不要貿然進行。

「一開始就把對的樹、種在對的地方，是最重要的」，回顧自己的工作經驗，黃先生說，「有太多需要移植或砍掉樹的例子，都是因爲把不對的樹種在不對的地方，等到樹長大後，才發現要不是品種不對，就是植穴太小，妨礙到人」。

但他也強調，如果在每一環節都細心規劃並執行，移植樹木的存活率其實不低。吳晟也在一旁補充，「昨天我才聽黃先生說，如果前置工作妥善，事後種植跟維護方法正確，一棵樹木移植後的存活率假使用40％計算，那麼一年後就可以升到50％甚至60％，如果好好照顧三年左右，這棵樹就能恢復到原本的生長狀況；相反地，要是事前事後都沒做好，那麼第一年樹的存活率就會降低10％到20％，最後慢慢枯死」。

那麼，所謂的事前規劃和事後維護到底該怎麼做？黃先生用他那台中特有的尾音上揚腔調，不疾不徐地回答：

「移植樹木能不能成功，第一個關鍵是『斷根』和『養根』。樹木靠根部吸收水分和支撐樹體，所以樹要離開，斷根一定要做好。除了主根之外，如果能做『根球』，保留多一點細根，移植後的樹木就有足夠根部維繫生命和樹體。

「假如是老樹要移植，斷根時間就更重要了，越大棵的樹要越早斷根，通常是提前一年開始作業，不能等到土木工程開始動工了才弄，這樣失敗的機率很高」。

「更不用說是移植時把枝葉都修掉甚至斷頭，那樣樹的生命力一定會衰竭」，吳晟說，「就像黃先生說的，老樹要移植，至少要花一年的時間，但一般工程哪會花這麼多時間在植栽上頭？最近我審查的幾件案子，移植樹木都很倉促草率，理由是會造成工程延宕，我說那就應該先處理啊，結果他們回我『這樣會來不及驗收』，我聽了忍不住大聲發怒，那爲什麼當初不把移植時間考慮清楚？」

黃先生在一旁補充，所以移植要考量非常多因素，不只樹木本身，還包括土地等外在環境。「其實，樹是一種自我修復能力很強的生物，你下次可以觀察，很容易受蟲害的樹，通常本身就是比較虛弱的。健康的樹木會分泌一種物質，一旦毛蟲咬了它的樹葉，那個物質會讓樹葉變苦，毛蟲就不想再吃」。

是啊，樹的自我修復能力很強。因爲不能走動，它必須讓自己擁有更強的防禦和復原機制，否則，那些令我們嘖嘖稱奇活了千百年壽命的樹木，如何能抵拒這個乾旱、颱風、地震接踵而來的艱困環境？

但它們抵擋不了人類。它們擋不了以萬物之靈自居，卻一面漠視、殘害、殺戮萬物生命的人類。

那麼，當這麼多樹木因爲人爲移植不當而死亡時，執行單位需要負什麼責任嗎？

「要賠償，但現行辦法是相當離譜的，所以他們（執行單位）根本不在乎移植的樹死掉」，吳晟舉例，「假設移植一棵胸徑五十公分的老樹，移植費大約十萬以上，樹木如果是在合約要求的『保固期』內死亡，你必須補植，但怎麼補？你竟然可以用五棵十公分的樹替代，反正加起來也是五十公分」，不等我對這荒謬的數學邏輯發表意見，吳晟繼續說，「那還是『保固期』內喔，若過了保固，還不知道要找誰追究維護照顧的責任」。

當移植成爲「假動作」

這座曾經的機場佔地眞大。我們開車緩行，遇到有問題的樹就停下來看看，結果，每遇到一棵樹，都得停下來。

園區內大多數路段都是灰撲撲的工地，在陰霾的天空以及剛才一連串不忍卒睹的樹木群像籠罩下，讓人已無心情想像未來此地將如何展現城市的高度文明，遑論「百年樹木」的景觀，也無法不捫心自問：**爲什麼人類的開發必然有毀滅相伴，爲什麼一幅將生態納入願景的藍圖，要用破壞現有生態作爲代價？**

即使未來此處果眞落實成爲一座滿是綠意，可自給自足循環的生態園區，當我們徜徉其中時，還會記得同一片土地上曾經發生的毀滅和破壞嗎？會不會有人用理所當然的態度宣稱：這種事情難免發生。爲了多數族群的利益，難免要有少數族群的利益或生命要被犧牲？

如果我們認爲理當如此，那麼事情將一再循環，一再發生。而我們也會在似曾相識的風景中任由其他族類的犧牲戲碼重演。

就像我們正走著的這條經貿路。柏油路面已經鋪設好，路面上也繪製簇新的速限指示，筆直的線道不斷向前方延展，儼然是人類文明發展的完美象徵——除了馬路兩邊羸弱垂軟的行道樹。

這些行道路看來和剛才已步入生命盡頭的假植區老樹沒什麼兩樣，光禿禿的樹枝、毫無生命力的樹幹，差別在於：這些路樹都還是胸徑不過十公分的小樹或少年樹，並且因爲太細瘦，全都得靠支架撐著，才能在這片偌大而灌滿強風的空地上站穩不折腰。

「這些都還是幼苗，大概三到五年生的，不過也都是移植過來的」，黃先生說著，但聲音被風吹得有些殘破。

這些移植來的小樹們，能存活下來嗎？

黃先生和吳晟不約而同，默默搖頭。

「即使是這種幼苗，也要斷根、養根，否則移植很難成功」，黃先生說。

「爲什麼台灣很多樹都用移植的？外國很少這種情況，尤其很少移植大樹，他們多半是從小苗種起，讓樹苗在種下的地方好好長大，不像台灣這麼急功近利，只想看到現成、速成的」，吳晟指著眼前一整排說是苟延殘喘也不爲過的路樹，「這個，就是『工程第一』的結果。植栽只是附帶做個樣子的，樹能不能活，活得怎麼樣，根本不重要，這些都是『假動作』……」。

你希望這棵樹存活多久？

吳晟的聲音雖大，但在逆風中顯得有些飄忽。問他，這些新植的樹木都是什麼樹種？風勢這麼大，對這些還很幼小的樹木有沒有影響？

他又嘆氣，「我一直在跟執行單位溝通這件事。清翠園原本規劃的樹種跟植栽區域劃分得很細，但是這裡主要的問題就是風大，所以樹種應該優先考慮受風力強的原生樹，比如毛柿或大葉山欖，至於黃花風鈴木、藍花楹、櫻花、阿勃勒等樹，雖然這幾年很熱門，花也漂亮，但面對這種風勢都太脆弱，更不用說這些都是外來樹種。

「我不斷建議他們，與其用抽象的涼爽、清爽來分區，不如直接用樹種作為區域主題，例如毛柿區、樟樹區、櫸木區、烏心石區，好記，又能讓民眾了解台灣闊葉五木的特色，有生態意義和教育意義。

「種樹，要想的是『你希望這棵樹存活多久？』五十年？一百年？而不是跟著潮流，潮流都是商人炒作出來的，就像最近很紅的落羽松，台中最近的建案都在主打落羽松作為豪宅植栽，但是這能維持多久？更不用講它明明是屬於水邊的沼澤類植物，還有竄根、膝根問題，雖然看來氣派，但並不適合種在住宅周圍。

「今天我們看到所有樹木的問題，歸根究柢，就是台灣人失去了對生命的感覺，才會有這些始亂終棄、一窩蜂亂種的情形」，吳晟慨然說道。

生命該有的樣子

我們是否眞的失去對生命的感覺？那天，在假植區裡行走，刻意讓自己遠遠地落在吳晟和黃先生後頭，盡量讓自己的視線攝入多幾棵樹，感受每一棵樹歷經怎樣的苦難而來到這裡，掙扎著繼續活下去。一棵比人身略高的殘根攫住了我的目光。從超過三十公分的樹徑判斷，它的身高不應該只有現在這樣，多半是被人截斷的。不知什麼原因，它身上蓋了塊黑布，被噴了白漆，最粗的幹上綁有一條紅帶。它的樹皮已經剝落得差不多。它沒有多少時日好活了，但還是站在那裡，把殘破的身體展露在我面前。

那不是一棵樹應該有的樣子。而生命不該是「沒有自己該有的樣子」。

站在它前面，我愣了很久，想到曾在哪裡讀過的一句話：「世界是你的意念和行動投射而成」。倘若這棵樹，這些樹，所有失去生命的樹，是我們每一個人的意念和行動投射而成，那麼，我們得多麼不知善待自己，才能造出這個充滿傷口和死亡的世界？

出於某種說不上來的理由，對著這棵近在出口的樹，我雙手在胸前合十。對它說：對不起。謝謝。在許了一個自己也不明白的心願後，趕上吳晟等人離去。

第5章 預約一片綠蔭

土地從來不屬於

土地，從來不屬於
你，不屬於我，不屬於
任何人，只是暫時借用
供養生命所需

一坵田，八百代主人
歷代祖先，守護土地
再交付下一代
看顧，即使擁有
也只是億萬年生命史
匆匆一瞬

鳥，飛掠天空、借宿樹梢
魚，悠游海洋溪流，棲息水草
獸，覓食森林原野
散居山坡、丘陵、平原、海濱
每一片土地的子民
也都只是暫住者

請解放我們的腳掌和肌膚
請敞開我們的鼻息
請貼近我們的心胸
直接傾聽土地深處、最深處
汩汩流動的訴說

土地，孕育豐饒多樣的

生命，綿延不息
任何經濟數字，沒有資格
估算多少價值與意義
土地，在大自然的懷抱中
上天的照拂下
從來不虧欠、不背棄
人們，為何一再換來
粗暴的傷害

今日活著的我們
明日即將離去
何忍放任永無饜足的貪念
吞噬有限的山林溪流綠地
成為不肖的祖先

如何向子孫交代

每一片土地的毀棄
都是萬劫不復的災難
將我們快速逼近
無處立足的絕境

彷如空氣、彷如陽光、彷如四季
土地，從來不屬於
任何人，任何世代
誰也沒有權力
剝奪下一代的未來

——吳晟‧二〇一二

多數人初次認識吳晟，是經由中學國文課本那首名爲〈負荷〉的詩。聽說，光從「你在國文課本讀到的吳晟詩作是哪篇」就能界定你是哪個年齡層。

有次訪談過程，屢屢被吳晟接聽電話打斷。那幾通電話分屬不同的教科書出版社，都是打來詢問他能否授權詩文作爲課本內容。吳晟爲多次中斷談話而致歉，當下我的腦中卻不住想到一個畫面：一顆兀自轉動不停的陀螺。

阿爸每日每日地上下班
有如自你們手中使勁抛出的陀螺
繞著你們轉呀轉
將阿爸激越的豪情
逐一轉為綿長而細密的柔情

——節錄自〈負荷〉．一九七七

早就從中學教師的職位退休，但至今吳晟仍是那枚轉呀轉的陀螺，只是他所圍繞的核心，已不再是自己的兒女，而是所有台灣的下一代。

「我常想，沒有爲別人，爲下一代著想的心情，不太可能費心去種植樹木吧！」三十年前，吳晟在散文中如是寫道。這句話依然是驅策他每日殷勤轉動、召喚人們注重樹木的核心信念。

種樹，從心開始

吳晟是文字理念和行動實踐一致的詩人。

爲了樹，吳晟趕赴從南到北的演講座談，參與不計其數的會議，接受各家媒體以樹爲題的訪談。好不容易擠出的空檔，他還想多寫幾篇籲請人們注重自然的文章，還想多種幾棵樹，好將它們分送出去。

他曾漫不經心地提到，因爲自己不會開車，許多演講和會議行程，他都得搭乘計程車及高鐵，許多時候，光是交通費就超過主辦單位發給的車馬費，但他也不以爲意，「反正我們的生活所需已經足夠」。

問他演講都講些什麼？他說，其實都差不多，就是呼籲大家愛樹，種樹，「對樹，台灣目前有八、九成的人還是需要『再教育』的」。

「但是一般人應該對樹了解到怎樣的程度呢?要像你一樣成爲樹木的業餘專家嗎?」

「不需要。基本上是心態。現在媒體上出現越來越多種樹的人,每個人背景都不太一樣,種樹的原因和目標也不同。但我認爲最重要的,是大家都能發自內心的愛樹、護樹、惜樹、種樹,種了樹就要珍惜,要好好照顧,而不是像過去每到植樹節就一窩蜂種樹,或是好比有些首長宣稱自己種了多少萬棵樹,但種下去之後呢?**種錯、亂種、放任樹自生自滅,這種『無心』的種樹,不如不種。**」

吳晟認爲,心態是一種內在的價值,是打從心裡了解樹的珍貴,以及它對地球環境和生活品質的助益,這種心態來自內化、普及的知識,當全民都對樹的重要性有所認識,自然會從知性而感性,看到樹就生出喜悅、愛惜的心情。

初次聽到吳晟這說法,心裡有些意外。原以爲人類對樹的喜愛珍視應是從感性而知性,而這樣的感性,大多源於人對自然的傾慕和嚮往,也可以說是一種天性。不過,想到自然環境是如何迅速從人類生活中消失,天性也好、感性也罷,都只能透過知識的傳遞與灌輸,才會逐漸被人認知、接納吧。

「當對樹有了知性和感性上的認同,才能更進一步建立大家對樹的普遍知

識，例如什麼地方合適種樹？種什麼樹？怎麼種？種了之後怎麼照顧？如果沒有前面兩種條件，對樹沒有喜愛、沒有感情，看到樹根本不會稀罕，不懂得愛，後面的知識講再多也沒用」。

吳晟說，談知識和技術都很簡單，難的是喚起「情感」，「就算是一個工人在工地施工吧，如果他有『怎麼做才不會傷害到樹？』的想法，自然會去找到解決的知識和方法。腦子裡一旦有這句話，就會有警覺，也自然而然會去尋求答案；這就像很多新手父母怕傷害小孩，會買育兒手冊來讀一樣」。

我們姑且假設，讀到這本書的人們，即使不是一開始就具備吳晟所說的，對樹有著本能、普遍的喜愛與理解，或許會在讀了前兩章吳晟分享對樹的感情、對樹的觀察後，逐漸建立自己與樹的關連，甚至想有進一步的行動。

「接下來，我想好好談一談『何處種何樹』的基本知識，希望能提供一般人，以及公部門相關單位參考」。吳晟將自己多年累積的種樹概念歸納以下原則：

・少鋪水泥多種樹

吳晟之所以對水泥深惡痛絕，有一主要原因在於：水泥對樹木危害甚深，人類卻習焉不察。試著想想，平日走在馬路上，你是否對路旁行道樹被水泥或磚瓦包覆到只有樹幹露出，根部則一點不露覺得理所當然？如果遇到的是樹根突破水泥或柏油路面，你或許還會認爲路面顯得凌亂、樹根可能會害路人跌倒，卻對樹木無從吸收養分水分的痛苦毫無感受和認識……

「很多社區路樹的植栽範圍全面水泥化，是因爲里長覺得這樣才叫『美化環境』，這就是人類無知的罪過」。台灣人對樹的無知而後無情，吳晟每每講起「心攏會凝」。

吳晟說，種樹不能少，但水泥也不能多，否則種樹無異於殘害樹木。對於路樹該種在怎樣的地面和土壤層，吳晟認爲有兩件事情的改變極爲關鍵：一是工地需要先規劃植栽區域，只要被劃定爲植栽區，就不能填級配，而是在整地後填入適合預定樹種生長的土壤，土壤的透水性、深度、寬度、壓實度等，都需要有清楚確實的規劃和執行。

台灣目前的路樹多苦於地下土壤層深度不夠，一般來說，能夠長到十二公尺高的喬木，需要的地下有效土層至少要一百至一百五十公分深；七公尺到十二公尺高的喬木，則需要八十公分到一百公分深的土壤。但以台中來說，目前有效土壤深度僅二十、三十公分，土壤不深厚，根系無法完整發展，自然難以供應樹木向上伸展所需的營養。

另一方面，除了水泥、磚頭鋪面封閉樹根吸收水分的空間，就算是有植被的土壤，也會因為維護管理不佳而產生其他問題，例如台北大安森林公園，就面臨土壤踩踏過度，導致植被破壞、土壤硬化，直接影響樹木生長不良。

種樹，不再只是單純的行為，而是一環扣著一環，牽涉到人類面對生活環境、自然的概念翻轉，吳晟的「少鋪水泥多種樹」倘能落實，你能想像水泥逐漸減少、自然相應增加的居住環境，會變成什麼模樣？

．多種原生少外來．灌木也能當路樹

在吳晟與許多植物、生態學者與護樹人士的持續呼籲下，「栽種原生樹種」如今已逐漸成為一般人提到種樹都具備的常識。除了原生樹種較能適應當地氣候、土壤、日照、降雨、風吹等條件外，也較能維繫自然生態之間的關係；相較之下，外來樹種的引進，則可能破壞掉原本的生態平衡，甚至帶來新的病蟲害，對環境的負面影響不可小覷。

除了樹種，種樹時還需要考量的，是樹木栽種後續幾十年的生長情形，這個想像必須奠基於對樹種本身的充分了解，否則，像是黑板樹、落羽松這類被園藝商炒作而一時蔚爲潮流的樹種，長成大樹後卻引發種種問題和爭議的例子，難免一再重演。

由於城市路樹，特別是人行道上的路樹，與一般人的距離最近，關係也最密切，而人行道路樹最常被詬病的正是影響用路，樹冠過於茂密遮蔽光線等問題。吳晟建議：「若非寬度超過兩公尺的人行道，不必然只能選擇喬木，灌木也能當路樹，有些灌木高度可超過一人高，不致影響用路安全，長得也漂亮，像是樹蘭、鵝掌藤、變葉木、七里香等，這些灌木種在不那麼寬闊的路面，也不會造成人不能走、車不能過的情況」。

・選擇具遮蔭性、價値性樹種

在提及一窩蜂亂種流行樹種的現象時，吳晟也從另一個角度提出何以台灣並不合適種植落羽松、櫻花等樹，「我們是亞熱帶氣候，城市大多地處平原，加上現在全球暖化，經常四五月份就非常炎熱了，所以樹有沒有足夠的遮蔭性非常重要」。

他以曾經盛行的木棉賞花季爲例，木棉開花時恰是春末初夏，卻是有花無葉，「都熱得要命了，還在賞木棉，這不是很荒謬嗎？」

時興的落羽松、阿勃勒等景觀樹，也和木棉樹一樣，樹葉並不繁密，因此並不是好的選擇。

那麼，符合遮蔭性的樹種有哪些？吳晟說，「就是台灣平原最常見的常綠闊葉樹啊！而且樹冠也要夠茂密。再不然，如黃連木雖是半落葉性的樹種，一旦長出葉片，很快就會蓊蓊鬱鬱，提供沁涼的樹蔭供人類和其他生物棲息。」

除了遮蔭性外，吳晟也建議，既然已經人工造林，就必須從人的角度考量價值性，其中，經濟價值又是最獲重視的，那麼何不選擇原生種中的「可用之材」，前面提過可用來建造家具、床座和生活用品的烏心石、櫸木就是最好的例子。

「不過，即使是可用之材，也要注意別只種單一樹種」，莊芳華從旁補充道，單一次生林對以多樣性爲最佳狀態的自然生態終究不是好事。

「我們當然也希望即使從人的角度談價值，還是能涉及文化性、生態性的面向。以在海岸種植防風林來說，種樹是爲了固砂固土，林投樹和毛柿都具有這些效果，但因爲毛柿的實用價值較高，所以我們會建議種毛柿。如果不考慮人，你說最好的海岸防風植物是什麼？是紅樹林、水筆仔」，莊芳華嘆了口氣，「可惜它們早就被人類破壞光了，若要等它們自然長回來，恐怕是等不及的。」

・多種盆苗少移植

台灣許多路樹的問題，除了栽種樹種、地點不恰當，吳晟認爲，還有一個基本原因——路樹多爲移植樹。

「台灣人就是性急。因爲急著看到現成的成果，路樹通常都是移植樹徑已七、八公分的樹，我現在一直在推廣、鼓勵的，是別再從其他地方移植樹，而是選用盆苗種下。所謂的盆苗，就是整株種在盆裡或美植袋的樹苗。假使你和林務局申請苗木，就會獲得這樣的樹苗。

「盆苗的好處，是它一開始就種在盆中，隨著樹木長大可以換盆，因此不限於只種幼苗。爲什麼說這是好處？如果用移植樹，通常要裁枝、修剪、斷根，免不了破壞枝條和根系，日後照料也較花心思。用盆苗當路樹，第一，它可以維持樹型完整。第二，根系完整，不需斷根，因此栽種之後的存活率較高、扎根穩固，較不容易生病，也不必先修復兩三年養根才有能力再生長。」

吳晟以自家每年撿拾不完、都以盆苗栽培的毛柿種子爲例，「我們從種子盆苗開始培育，大了就換盆，每年都有很多不同尺寸的毛柿樹苗可分送給人，看你要多大的都可以，盆苗移到土裡，只需直接從盆中取出種下就好，不用截斷根系。像毛柿跟樟樹這類樹種如果用斷根移植的方式，斷根後主根就很難再生根，也不容易抓地」。

「現行苗木商多半用移植，但移植的費用非常高，如果用盆苗栽種，一棵沒多少錢。我們深入了解路樹的種植現況後，發現採用盆苗可以減少弊端和利益問題，但最重要的，是對樹木的存活和生長更有幫助」。

・以綠帶取代植穴

在許多人眼中，別說對路樹有感情，根本是以「障礙物」視之。然而，造成人和樹的關係如此不堪，主因還是在人。吳晟曾形容，城市的行道樹之所以「顧人怨」，「人不能走，樹不能活，嬰兒車和輪椅也不能過」，是因爲種樹時不考慮道路的尺度和功能，也未曾想過不同寬度、形式的道路上頭，能夠種植的樹種也有所不同。

「一般來說，能夠種喬木的道路最好寬度都要有兩公尺以上，並且要全面採用綠帶廊道，不要再像過去一個洞種一棵樹的植穴設計」，吳晟解釋，單一樹穴的問題，在於道路是夯實後再挖洞、塡客土，土壤層不夠厚，底下全是砂石和排水系統，這麼一來，樹根無法深入，而單一樹穴上面通常又會鋪設水泥、磚塊等材質，如此上下夾攻，大大限縮樹根的生長和吸收水分的空間，於是發生竄根、浮根等現象。

「對人來說，浮根、竄根會危害安全，但對樹來說何其無辜？它們是爲了爭取生存空間，根部才會這樣不放棄一絲一毫的空間」，吳晟說，改採一整片延續性而非單一植穴的綠帶種樹，好處就是不再限制樹根在地面下的伸展，也能增加樹根吸收水分的機會；不過，也需要事先考量到連續種植的樹木間距，並避免在樹幹四周種滿過多植物或覆蓋過多土壤，才不會影響根部的呼吸和生長」。

・延長園藝保固・鼓勵民衆認養

把對的樹，用對的方法種在對的地方，並不等於這棵樹就能自力更生、長成百年大樹。吳晟從自家樹園的經驗歸納出：無論是小苗栽種或大樹移植，樹木都需要人類花三年時間照顧管理；若能在新環境持續健康成長，三年之後，樹木就能自給自足，獨立成長茁壯。

因此，吳晟建議公部門路樹管理單位，能夠修改現行規章，將負責移植、栽種路樹的廠商後續照料樹木的期間，從一年延長到三年。如此，過去經常發生的弊端或問題，例如爲了確保移植樹木撐過「保固期」、不會在一年內死亡而刻意不拆除根部塑膠袋的「包尿布」現象，或可大幅減少。

至於過了移植「保固期」的樹木，吳晟也建議各縣市政府負責的景觀科或工務局等局處，應該設置督導員，經常性巡視管轄範圍的路樹情況，「例如我前些時候看到很多樹木的支架都沒拆除，當樹長大、樹幹變粗，支架就會深陷入樹幹，導致養分無法在根部和樹葉間傳輸，一棵樹很可能就這樣毀掉」，吳晟說，如果有督導員隨時巡察、舉報維護，就能避免掉很多樹木意外的發生。

更重要的，是建立「民眾認養路樹」的機制。目前已有許多鄉鎭社區逐步建立這樣的人樹關係，鼓勵民間企業或社區協會民眾認養樹木，並掛牌宣示；當然，在認養之後，也要指導民眾基本的照顧樹木常識，例如颱風前如何觀察可能會落枝、折斷的大樹，颱風後怎麼扶立被吹彎、吹倒的樹，怎麼幫樹木架支架；至於更進一步的修剪、病蟲害防治等，則還是交給專責的園藝公司來做。「這部份如果能結合學生認養校園樹木，就可以更全面地重建人與樹的關係了」，吳晟說。

・建立「樹戶口名簿」

其實，在路樹養護單位延長樹木「保固期」，或是設置督導員、民間機構認養等相關辦法之前，吳晟認爲，有個更基本的路樹管理方式是應該做的：爲路樹植栽做「戶口普查」，建立檔案資料。

吳晟舉了一個和樹無關的例子：「前些時候溪州公園從『費茲洛公園』變更回原來的名字，既然換了名字，招牌和路標都要換，但是過了幾個月都沒有，我就打電話詢問處長，他告訴我，已經發包給廠商做了。過了幾天，那個路段的路標果然換好了，但是其他地方的還是沒換，我只好又打電話去問」，吳晟無奈自嘲：「就是有我這麼無聊、鍥而不捨的人不斷去問，但我就想：難道執行這些工程前，都沒調查統計所有需要變更的路標嗎？難不成眞要我一個一個去找出來？」

吳晟說，無論路標還是樹木，在設置和種植之前都該一一造冊，「因爲路樹是公有、共有的財產。一旦各縣市政府能夠設立植樹戶口，哪條路種哪種樹、種幾棵……這些全部建檔，後續的督導、巡察才能落實，也不會發生路樹莫名被砍、失蹤的事。

「講得更遠一點，現在很多地方都有老樹資料，但這些老樹到底活多久？只能依靠地方耆老不一定準確的記憶，如果從現在開始，我們就能把樹木通通建檔，未來就能知道哪棵樹是百年大樹，樹的相關歷史也會更可靠」。

第6章

為下一代種樹

與樹約定

對抗過酷暑、抵禦過寒流
哪有時間再感嘆
趁著早春時節
我們相約、一起來植樹
迎接雨水綿綿的滋潤

我們聽見聲聲召喚
在海濱召喚鬱鬱蒼蒼的防風林
為島嶼，披上柔軟綠圍巾
在市鎮、郊區、村落
在尋尋覓覓的記憶中
召喚親切的大樹
庇蔭來往旅人
邀請群鳥棲息、築巢
寵愛孩童攀爬、嬉戲、編織夢想

款待長者休憩、沉思、回味歲月
流傳島嶼身世

立足寬厚土壤，根鬚才能伸長
牢牢抓住大地，枝幹才能挺拔
拒絕僵固水泥，霸道封鎖
不容許荒漠乾涸，持續擴張
凌虐我們的島嶼

趕上早春時節
相約，一起來植樹
向每一株散播希望的樹苗致謝
向青翠的未來承諾
我們會細心看顧、親密陪伴
傳給一代又一代

——吳晟・二〇一六

人力造林之必要

儘管台灣的森林覆蓋率，在林務局的統計下達國土總面積的六成，長達一世紀的濫砍濫伐，卻也造成了林木的大量流失，更衍生出土石流、地層下陷、土地漠化等看似天災、實爲人禍的問題。因此，「人工造林」成爲吳晟近年極力推廣的重點。在受邀成爲台中市政府樹木保護委員會一員後，他更力薦台中現任市長林佳龍，若想落實競選時的「八年一百萬棵樹」政見，就應該全面調查台中境內的平原、海岸、山林，還有哪些區域和閒置空間可造林。

對於人工造林，環保人士和林業專家或有不同意見。森林生態學者陳玉峰就主張「土地公種樹」，意思是自然自有孕育森林的能力，只要樹木能開花結果，種子落到合適的土地，生長效率便不需人類操心，也就是《侏羅紀公園》的台詞：「生命自會找出路」。

土地公種樹的前提，是「要給自然時間，把森林長回來」，而人類要做的，是挪出空間與時間，相信自然的力量。秉持這類主張的學者專家認爲，人工造林最大的危險，是種錯、亂種、或是只種單一樹種，導致生態多樣性削減等生態危機。

然而，在吳晟眼中，森林衰退的速率已經到了人力必須介入「搶救」的地步。「我知道有人認爲『造林即造孽』，但打從人類進入農業時代，砍伐樹木、開墾農地就已無法避免，既是不得已，補植也就成爲必要，並且盡可能降低種錯、亂種的情形，以及後續釀成的自然災害」，「我相信，人爲植栽還是能挽回一些自然環境，相較於『回復荒野』來說，可能性更大」。

吳晟補充，「過往的平地造林或是經濟造林，在執行上確實有弊端和問題，但我認爲，人力造林還是有其必要。好比我的樹園，就成爲溪州的生態環境之一，對外開放後也提供人們休憩、親子遊玩的去處，假設沒有這樣的環境，或是只有荒野化的自然，人類就很難親近。因此，爲了弊端和問題而不再種樹，我認爲這是因噎廢食，更適當的作法，應該是改善和推廣正確的種樹之道，在平原、海岸、山林等地尋找合適的地方，種合適的樹」。

・經濟造林「畜牧化」：自己的木材自己種

吳晟在農專念書時，主修的是畜牧科，這個背景也影響了他看待造林的基本觀念。

「我認爲種樹要考慮兩件事：第一，這棵樹種下去，你希望它能活幾年？第二，如果你種樹是爲了經濟，爲了木材，那你就自己種，不要去砍伐山林」，對他來說，這兩個概念環繞的核心，都是如何讓自然環境永續。

「以前的人想吃動物的肉，就靠打獵或自己畜養，這個邏輯也可以用在木材上。以前山林資源豐富，想要木材，進山裡砍樹就行，但古人曉得『斧斤以時入山林』，意思是在適當的季節入山，砍樹時也有所選擇、有所計畫，而不是一味全面掠奪。但現在資源開始短缺了，人類再也不能恣意打獵砍樹，所以我們可以挪用畜牧的思維來造林，一面砍伐，一面補植，當然，砍和種都要有方法，尤其最近又在談『疏伐』，對於怎樣的樹木才能施行疏伐，需要定義地非常清楚，才不會發生把樹先砍倒了，再跟你說這些樹都是枯死樹所以砍掉，這種本末倒置的濫伐卻說成是疏伐，過去問題層出不窮，未來我們應該努力避免」。

以下幾個範例，是吳晟過去曾親身實踐，或認爲應優先種植樹木造林，以降低自然災害的地域：

・學校綠化：和孩子一起種樹，落實生態教育

曾在中學擔任生物老師，溪州國中裡也還保有吳晟課堂上帶學生種下的原生樹，當年的樹苗已成爲卓然大樹，而吳晟仍然認爲：學校是最好的種樹場所。

其實，台灣有多間學校校齡已達百年，這些老學校裡都有老樹見證一代代師生領受知識的過程，但足可作爲歷史老師的老樹，卻未必受到重視。砍樹建停車場和游泳池的江翠國中，二〇一三年因著護樹環保人士爬樹抗爭而沸沸湯湯；各縣市中小學以斷頭式修剪樹木，奄奄一息的樹木群像也經常被學生或家長投書抗議，但，無心的校園管理者依然任由損及樹木生命的行爲發生，也無怪乎吳晟慨嘆：「作爲老師的我們卻沒好好傳遞樹木知識與對樹的情感，我們眞該打！」

成爲樹木保護委員後，吳晟與其他委員經常走訪台中各中小學，協助師生與林務局申請苗木，並指導他們如何種植、照顧這些樹木，這些和吳晟等人一同學習種樹的孩子，不知會不會把回憶當成種子播進心中，來日悠然長成一個自然而然的愛樹人呢？

・海岸森林化：種植防風林，守護海岸線

吳晟認爲，過去談台灣樹林濫砍濫伐時，多半聚焦於山林，但是海岸線的防風林多年來也以超乎想像的速度消失，取而代之的是大量偷偷棄置的垃圾和廢棄物，因此，「我最近一直催促台中市政府，必須趕快針對市府轄內的閒置土地做全面調查，看看哪些空間可以種樹，尤其是防風林消失的堤岸」。

「二三十年前，台灣從西海岸、花蓮海岸、台東黑森林等地都還有很茂密的防風林，現在幾乎消失了，整個海岸線也被侵蝕後退，海水倒灌和地層下陷也跟著發生。把防風林種回來，不只防海風侵襲，還能讓砂沉積，達到固砂的作用，此外，也能讓海岸綠化，整個濕地與沼澤生態系也會重新回來，所以越快開始進行越好！」

近年，隨著民眾越來越重視生態環境永續，消失中的防風林終於也獲矚目，台南安南區台江一段的防風林，在二〇一六年初就傳出環保局預備砍伐近七公頃林木，將此地改爲垃圾掩埋場的新聞，引起當地居民和環保人士、護樹團體的抗爭守護行動。而地層下陷與沙塵暴逐年嚴重的雲林縣，在二〇一二年大量種植的防風林和溼地，也在二〇一五年傳出盜採土石、偷埋廢土，大大影響好不容易回

復的生態與養殖業。

既然無法勸阻人不貪，只得加緊腳步把守護民生的海岸防風林種回來。吳晟建議，若要在沿海地區栽種植物，抗強風、耐旱、耐鹽、耐貧瘠樹種是唯一選擇，否則只是徒然讓樹「送死」，「距離海岸線近的，可以種木麻黃、黃槿等，其次距離稍遠的，如大葉山欖、毛柿、欖仁、瓊崖海棠都是很好的選擇」。

「種的時候也需要特別注意，盡量以三角形密植，因爲這樣能夠減低風速，才能讓強勁海風不會長驅直入，達到防風的效果」，吳晟說。（編註：參考第二部頁280）

・公墓森林化：回歸自然，富含生態、文化、教育意義

吳晟在溪州參與打造的樹林有二，一個是他以母親爲名的樹園「純園」，一個是位在圳寮第三公墓的「靜心園」。後者，是吳晟近年念茲在茲的「公墓森林化」最具代表性的案例。

吳晟最早的想法如何成形？他說，是因爲看到很多外國公墓，規劃整齊、充滿寧靜的氛圍，「眞的是墓『園』，就像公園一樣，而不是台灣的『墓仔埔』那麼

荒涼、恐怖。從那時起，我就想進一步把造林推廣到墓地，讓公墓森林化，等樹長大後，就能推廣樹葬」。

這樣的想法，在對鄉里閒置土地綠化頗爲積極的鄉長黃盛祿上任後，有了成形的契機。吳晟在二〇一三年於報刊發表的〈森林墓園〉一文，對於公墓森林化的始末有非常完整的敘述。概括來說，這是一個詩人有心、公部門有權、鄉里企業家有力，三方合作之下的成果：吳晟早有心把樹園的樹分送栽種於公墓，而鄉長支持，又有曾是吳晟學生的企業家出錢資助，「靜心園」遂能從紙上構想化爲眞實。

「現在每有區域的墳墓全部移出，公所就會進來整地、補種，預計大約十年內，這裡就完全森林化」，站在靜心園內，吳晟指著遠處一大片植滿烏心石的區域，那裡的兩百多棵樹，都是從吳晟家中樹園移植過來的，「當初要整地也很不容易，因爲過去有段時間，公墓空地變成廢棄物囤積場，不知是誰偷偷往這裡倒了很多垃圾跟廢土，在植栽前，費了很大功夫重新篩過土石，回填新的客土，否則沒辦法種樹」。

吳晟也強調，他之所以不願稱靜心園爲「公園」而是「森林」，是因爲「公園容易讓人聯想到水池湖畔、亭台樓閣這類人工造景，但我希望讓這裡形成一片純粹的自然植被，也就是森林該有的樣貌，否則，就違背了我們對人工造林的想像和初衷」。

吳晟仔細算過，「光是溪州鄉就有五個公墓，全彰化至少一百座，土葬率已低於一成，假使這些公墓都規劃成森林墓園，還能以文化意涵設計成不同的主題公園，又有生態意義，又有教育、文化意義，這不是很好的自然空間嗎？」

當台灣越來越多人選擇以花葬、樹葬等自然葬作爲自己最終的歸宿之際，將現有公墓轉型爲未來的樹葬森林，其實頗合乎「生態經濟」的雙贏模式。願意思索未來的公墓管理者們，這裡有一位種樹傳教士，正殷切期待與人們分享他推動公墓森林化的願景和經驗。

樹，生生不息

那一日，師母莊芳華開車載我們前往靜心園，實地走訪這片從文學之地被喚出的森林墓園。

即將抵達公墓的途中，莊芳華指著一棟久無人居的瓦厝說，「那裡是我們老家」。原來，吳晟童年的住處就與公墓比鄰，無怪乎他從早期詩作就開始借敘寫墳地思索生與死之間，那條微細而清楚存在的切分線。

二〇一三年正式「變身」為公園的溪州第三公墓，過去曾多次出現在吳晟的詩作中，是吳晟的文學原鄉「吾鄉」裡一處重要的所在，既象徵著不可避免的死亡，也是吾鄉眾人永恆寧靜的歸所。和吳晟其他由文學而現實的種種意念構思一樣，靜心園從墳場搖身一變為公園，最早的雛形就藏身於吳晟二〇〇五年的詩作〈森林墓園〉中。

種一棵樹，取代一座墳墓
植一片樹林，代替墳場
樹身周邊闢一小方花圃
亡者的骨灰依傍樹頭
埋葬或撒入花叢
送別的親友圍繞

合掌追思、默念、話別

不一定清明節日
想念的時陣
相招前來澆澆水
貼近樹身輕撫擁抱
也許可以聽見
亡者仍在身旁，諄諄叮嚀
……
泊靠在每一棵樹下的魂魄
安息著仍然生長
無論去到了多遠
總會循著原來的路徑
回到親友的懷念裡

吳晟借樹的生生不息隱喻生命的循環，傳遞生死的哲思。這首詩如今亦銘刻在石碑上，靜靜坐落於公園的角落。抵達靜心園時，乍見眼前風景，推想此處距離「森林墓園」或許還需要十數年的光陰吧？這片八公頃的廣大地面上，目前仍是土地的黃褐色多過綠意。已入駐兩年的烏心石，正奮力在墳地已遷徙的空地上生長。

爲什麼送烏心石？

「喔，因爲它遮蔽性最好，以後才會變成一座大森林」，吳晟眺望著年幼的群樹，久久不發一語。

在黃褐的土地上，他踽踽向前獨行，不時駐足顧盼，若有所思。我想，他已經看見了。數十年過去，烏心石濃蔭蔽天，溪州未來的吾鄉居民來此，或者探望逝去後埋骨灰於樹下和自然相互滋養的親人，或者僅是悠遊漫步於林中。那景致如此鮮明清晰，歷歷在他眼前。

第二部 相約來種樹

相約，一起來植樹
向每一株散播希望的樹苗致謝
向青翠的未來承諾
我們會細心看顧、親密陪伴
傳給一代又一代

——〈與樹約定〉‧吳晟

彙寫／唐炘炘 插畫／劉鎮豪

來，種下生命中的第一棵樹

吳晟親手栽植各式原生樹苗的樹園，是全天候對外開放的。造訪客人雖不能說車水馬龍，卻也堪稱頻仍。其中，慕種樹詩人之名而來參觀的、向吳晟討樹種植的、請益種樹之道的……原因不一而足，但最讓吳晟有感的，是那些為種錯、種死的樹木而來的人。

二〇一五年，強颱蘇迪勒在台灣釀成出乎意料的災情，全台樹木是慘烈受災戶之一，特別是台北市路樹，遭遇過去十年來最嚴重的樹木倒塌、斷裂之災。台北市長柯文哲在颱風過後拜訪溪州樹園時，就請教吳晟：為什麼你們家樹園這麼多的樹都安然無事，而台北路樹卻倒得這麼多？

「無論是樹園的樹或我家旁邊的庭院樹，之所以歷經無數颱風卻屹立不搖，是因為我們種樹的土壤層厚實，且多從幼苗種起」，吳晟告訴柯文哲，種樹有個關鍵原則需先建立——合乎自然。什麼是合乎自然？很簡單，適地適種。倘若我們把樹看成人，樹根猶如腳部，樹幹則是軀體，當人的身體在適合他的環境裡，獲得充分的伸展空間，能夠自然生長，當然就能穩穩立足，正如俗諺「樹頭若穩，不怕樹尾作風颱」。他指出，「都市的路樹有三個問題，一是樹的底部土壤都是砂石級配，二是周邊覆上水泥，三是植穴過小、根部無法伸展，導致頭重腳輕。所以颱風一來，當然容易被摧折」。

「現在最要緊的，是大家趕快建立起正確的樹木知識和方法，學會辨認怎樣的種樹錯誤，如何改善」，吳晟也直接點名，台灣的公家體系和植栽景觀業者必須儘快了解正確的種樹、護樹方法，才不會囿於無知，一再犯下種樹如毀樹的行爲，「當官僚體系都建立起樹木知識，才能夠上行下效，對一般民眾進行推廣」。

接下來的內容，首先條列出常見的錯誤種樹情況以及改善方式，接著提供「如何開始種樹」的簡明步驟與需要留心之處。然而，最最重要的，吳晟不忘再度叮嚀：在知識與方法之外，初心更別忘。對樹木和自然的愛惜之心、同感之情，是一切行動的起點。

公路邊水泥樹穴

水泥花台

斷頭式修剪

覆蓋水泥

圖片提供／吳晟

常見的錯誤種樹問題

先工程後植栽

不當支撐

不當樹穴

第一章　十個常見的錯誤種樹問題

【錯誤1：先工程，後植栽】

•導致問題：樹木生長不良、樹木死亡

在台灣，無論是公共工程或私人建案，也不分是興建房舍或闢建公園、打造庭院，目前絕大部分的工程，都是採取「先工程，後植栽」的方式來種植樹木。

意思是說，這些工程都是先依照建築設計或土木施作的需求來施工，等到施工完成了，再把需要綠化或生態景觀的地方填入樹木。

這個作法的問題在於，沒有在一開始就把樹木的需求納入整體的工程設計之中，只是將樹木視爲一種建築的附屬物，甚至只是裝飾品，導致在不適合的地方種下了樹木。而且，即使在種下樹木之時，已發現環境不適合種樹，卻也因爲硬體部分已經完成，無法再花費時間與金錢，大興土木修改。

結果，有的植樹空間太小，樹木無法伸展或是干擾建築；有的植樹環境的陽光不足或太強、有的土層太淺、有的易積水過於潮濕……種種問題都不利樹的生長。

最後，樹木不是生長不良，就是死亡。樹

木死亡後，工程廠商又再補植新的樹木，根本的問題卻未加以改善，等於繼續將它們送上死路。

這樣的作法，不但殘害了樹木，也徒然浪費金錢，這麼一來，不但殘害了樹木，更無法達到原先預期種樹所能得到的景觀美化或環境優化目的。

- **正確作法：只要涉及到種樹的工程，都應該在規劃之初，就把種樹的空間、土質的偏好、日照度的需求等，一起考量進去，才能夠創造出既符合人的活動需求、又要顧及建築的美觀與舒適，同時樹木也能健康生長的環境。如此，樹木才能眞正的融入建築，與人共生。**

木將植栽需求事先納入工程設計之中，
完工後才將樹木植入不適合的空間，樹木因此生長不良或死亡。

【錯誤2：地表水泥化】

•導致問題：根系呼吸困難、竄根、浮根

許多人不喜歡塵土飛揚、下雨時泥濘不堪的泥土地，因此，無論車道、人行道、社區廣場或停車場的地表，都要打上水泥、鋪上柏油或蓋上地磚，認爲這樣比較整潔、美觀、好整理。即便是有樹生長的地方也一樣，水泥完全覆蓋地表，直到樹幹四周。

水泥化的最大問題就是造成地表不透氣，也不透水。然而，位在地底下的樹木根系需要呼吸，必須利用氧氣進行呼吸作用，才能產生足夠的能量維持根系本身的運作。不過，根只能吸收溶在水裡的氧氣，也就是說，土壤中得有氧氣和水，氧氣溶入水中之後，根才能利用。但是，將土壤表面打上水泥，水分和空氣都無法進入土壤，根系便會因此缺氧、窒息，最後腐爛，再也無法發揮根應有的功能。「根基」敗壞的樹，連帶的，整棵樹的健康也會出問題，最後步上死亡之途。

面對這樣的困境，有的根不願坐以待斃，於是努力的向氧氣較多的地表伸展，有幸突破地表水泥的，便形成了「浮根」、「竄根」的現象。這就是爲什麼，我們經常看到行道樹的根將人行道的紅磚或水泥頂破、撐裂，使得人行道變得凹凸不平。有人指責樹根搞破壞，或是害行人走路跌倒，但事實上，這些根只是在搏命求生，人類不當的鋪設水泥，才是眞正的禍因。

•正確作法：樹冠下方不應鋪設水泥或地磚，必須保留泥土地。

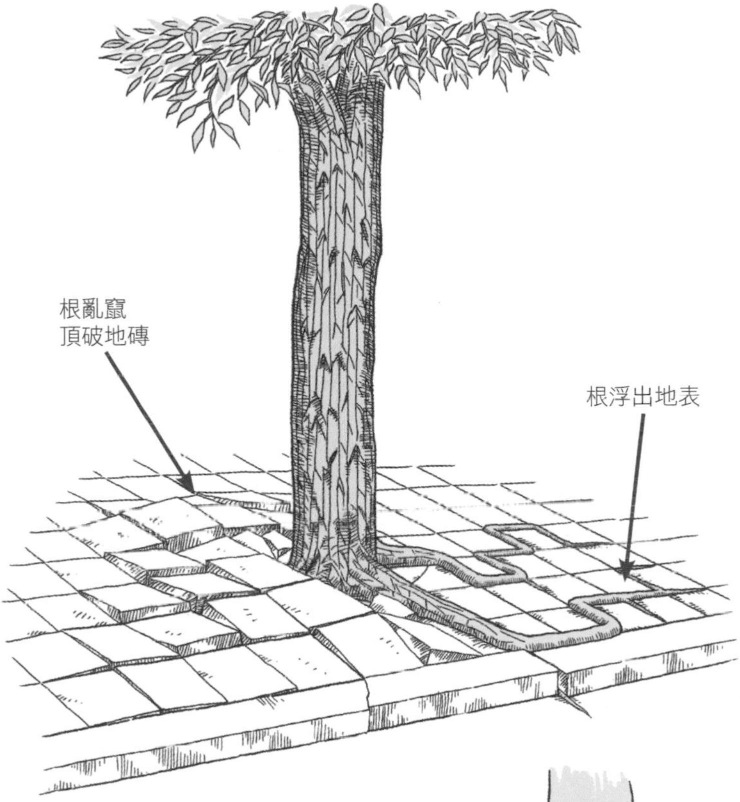

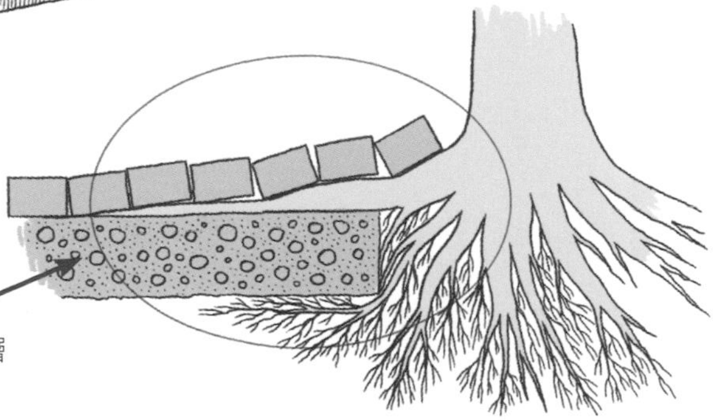

行道樹的根常將紅磚或路面水泥頂破。
因為不透水鋪面下的根得不到水分和養分，只好往上竄升，尋求突破。

【錯誤3：樹下設花台】

•**導致問題：根系呼吸困難、樹木缺水缺養分、竄根、浮根、樹倒**

許多人行道、社區中庭、廟宇廣場或公園等，常在大樹的四周築起水泥或磚造的花台，花台內填入厚達四十、五十公分以上的土壤，有時還會再種上小灌木或草花，認爲這樣可讓景觀呈現多彩繽紛之美，還能讓人坐在花台上休憩。殊不知，這個作法其實正在扼殺樹木！

氧氣只能進入土壤的表層部分，一旦築起花台、覆上厚厚的泥土，等於讓根系埋入土層深處，根本無法接觸到空氣。更糟的是，有的花台沒有設置排水孔，遇到下雨或大量澆水後，花台裡的水無處宣洩，就會變成積水，土壤中缺氧狀況更嚴重，樹木幾乎處於溺水狀態。而且花台四周的地表多會鋪上水泥，根系完全無法獲得足夠氧氣。

在這樣的狀況下，根系通常會慢慢地潰爛、死亡。如果樹的體質較好，還能擠出一些能量，在比較靠近土壤表層的地方，勉強長出一些新的根來（稱爲「二段根」），希望藉此可以吸收一些地表的氧氣，苟延殘喘下去。然而，二段根多爲細根，在原先支撐樹體的粗根已經腐爛死亡的狀況下，整棵大樹失去了固定與支撐的重要力量，一遇到強風來襲，很容易就整個傾倒！

•**正確作法：樹下不應築花台，如有花台應拆除，移除花台裡所有土壤與植栽。**

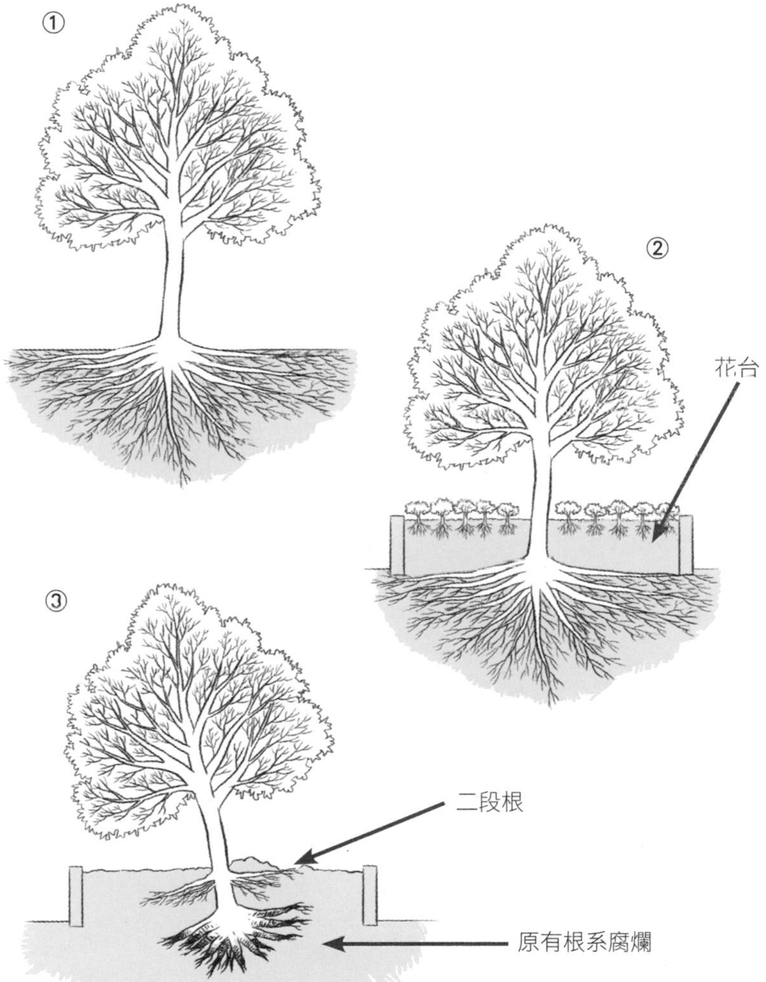

1.正常情況下，樹木的根系可以吸收到土壤表層的空氣。
2.覆蓋著厚厚土層的花台，將根系埋入缺氧的土層深處。
3.樹勉強在靠近土壤的表層長出細根來呼吸，
但具支撐作用的粗根腐爛，強風一來樹就倒。

【錯誤4：土壤硬化】

- **導致問題：浮根、生長不良、樹倒**

樹木生存所需的土壤，必需含有營養元素，並具備能讓水分、空氣進入的特性。如果使用了不適當的土壤，例如工程或建築廢土，含有過大的石塊或建築廢材，使得土壤貧瘠、硬化，樹根不易扎入；若是用了田土、黏土等，導致土壤黏性過大，則會發生結塊、變硬或無法透氣的狀況。

另外，樹木如果剛好被種在人們經常行走踩踏或汽車碾壓之處，又沒有做任何的隔離或鋪面的改善，土壤也同樣會被越壓越硬，變得像水泥一般，不透氣、不透水、缺乏養分，樹木就會走向衰敗、死亡之路。

由於土壤過硬，根無法向下伸展，只好浮出地表，在淺層土壤中生活，遇上猛烈的颱風等天災很容易傾倒，造成樹木和人類生命財產的雙重損害。

- **正確作法：使用透氣、透水土壤，樹周設矮灌木或短籬，避免人車踩踏。**

含有大量石塊或建築廢材的廢土，
使土壤貧瘠硬化、樹根不易扎入而易倒伏。

【錯誤5：以單一植穴來種樹】

● 導致問題：浮根、竄根、樹倒

一般闊葉樹根的延伸範圍，直徑可達地上枝葉的兩倍寬！但是我們提供給樹木的植穴經常只是小小的一個洞，植穴周圍又多是堅硬的水泥等不透水層。樹木的根很難突破四周的銅牆鐵壁，不得不往植穴上方較鬆軟的部分伸展，形成盤繞生長的「盤根」，或浮出地表的「浮根」。這樣的根系缺乏應有的伸展範圍，無法緊抓土地，經常發生「樹倒」這種看似自然災害，實則人禍的慘劇！

因此，如果要種植多棵樹木（如行道樹），不應以單一植穴來種樹，而改採連續性的「綠帶」。也就是開闢一個帶狀或塊狀空間，讓種植其中的樹與樹之間，沒有被水泥等不透水層分隔開來，根系伸展不受限制，樹木才能健康、穩固。

● **正確作法：採連續性的植帶，預留適當空間讓根系充分伸展。**

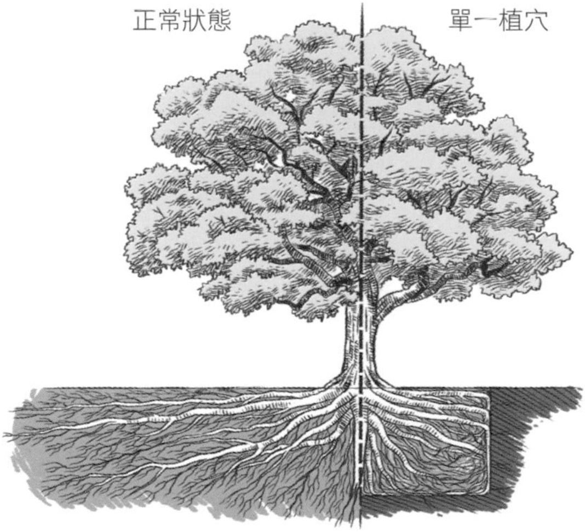

左邊是正常樹根的延伸狀態，
右邊是在狹小的人為單一植穴中盤繞的根，抓地力變弱。

【錯誤6：根部包尿布】

• 導致問題：盤根、樹倒

苗木商爲方便出貨搬運、節省種植空間、免去斷根作業等考量，常將樹木種在花盆或植栽袋中。如果買到這樣的樹木，而種樹時就這樣直接把樹木連同花盆或植栽袋種入土裡，就是俗稱「包尿布」的錯誤種樹法。

花盆或植栽袋大多爲非自然材質，有些材質堅韌，無法讓根伸出，如果沒有拆開就種下樹木，就算植穴再大，根也無法伸展，只能在袋中不斷盤繞。交纏在一起的根，會造成根系的傷害或死亡，樹木自然跟著衰敗。而且盤繞的根沒有足夠的支撐力，也容易讓樹倒下。

• 正確作法：種樹前，務必拆除包覆根部的塑膠花盆或植栽袋。

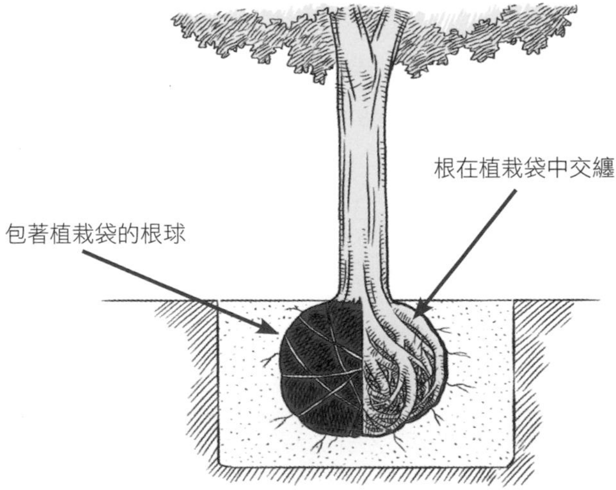

把樹木連同花盆或植栽袋種入土裡，
根無法伸出而交纏在一起，失去穩固樹木的功能。

【錯誤7：不當支撐】

• 導致問題：結構脆弱、根系不穩

樹木剛種下時，因樹身尚不穩固，多會在樹幹上架起支架。一段時間後，當根系已扎穩，便應將支架拆除，但卻經常無人理睬。

支架長期未拆除，隨著樹木長大，當樹幹碰到支架時，接觸處的樹幹會快速細胞分裂，將支架包覆起來，阻礙養分與水分的運輸。由樹葉送來的養分無法往下運送，堆積在支架以上的部位，樹幹變得上粗下細、結構不穩。

此外，長時間在支架協助固定下，樹木的根系會認爲樹體已經穩固，便不會再多生長根系來維持平衡，一旦支架拆開很容易就被風吹倒。

• **正確作法：種樹數個月後，在非颱風季節，用手握住樹幹輕輕搖晃，若不易晃動表示樹木已生長穩定，應立即拆除支架。**

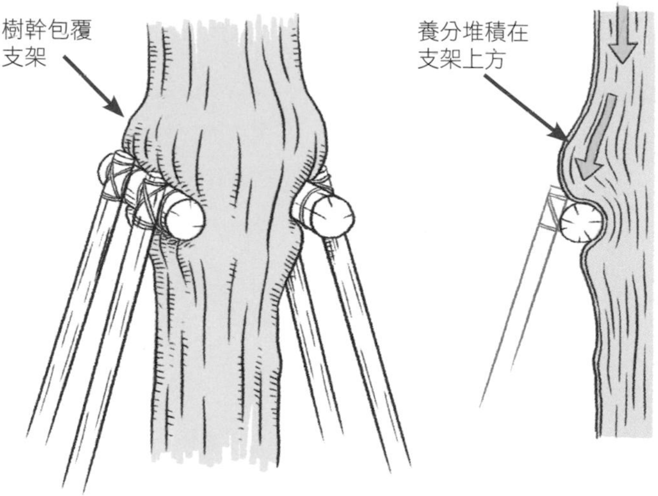

樹幹長期接觸支架的部分，會快速細胞分裂，將支架包覆，
由樹葉送來的養分無法往下運送，堆積在支架以上的部位。

【錯誤8：不當修剪】

・導致問題：感染病菌、攔腰斷裂

1斷頭修剪：爲降低樹木高度，常見將樹木斷頭，砍除上半段全部枝幹！樹木失去所有可以製造養分的葉子後，爲自力救濟，會奮力使出體內尚存的養分，在切口處萌發出許多的小枝葉（稱爲「不定枝」），用來製造養分搶救自己。如果這些不定枝都順利長大了，最後就會形成上部多主幹的樹形，頭重腳輕；而且這些不定枝的生長位置沒有深入樹幹，一遇到嚴重風災，很容易折斷，發生壓傷人車的意外。

斷頭修剪因切在主幹，傷口很大，病原菌有機會長驅直入，又沒有葉子補充養分、對抗病菌，樹心將逐漸腐爛，最後導致樹的死亡。

2切除粗大枝幹：切除直徑超過五公分的

斷頭修剪的後果

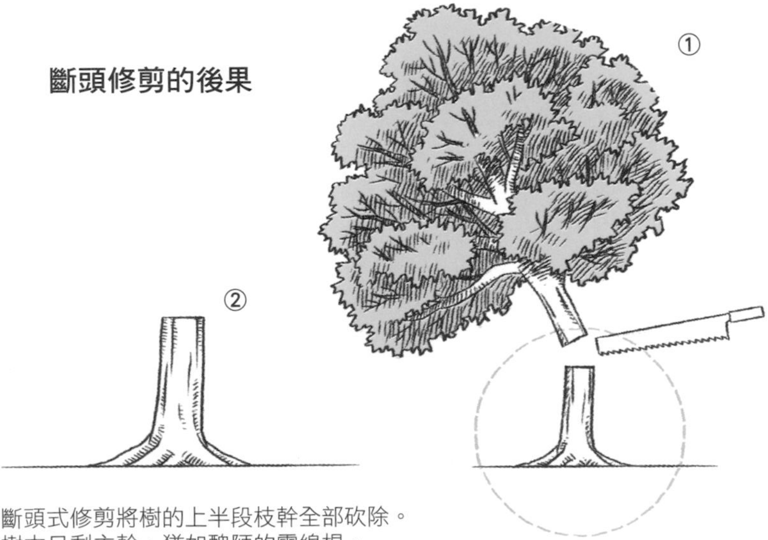

1.斷頭式修剪將樹的上半段枝幹全部砍除。
2.樹木只剩主幹，猶如醜陋的電線桿。

大枝幹，會因爲切除後的傷口過大，非常難以癒合，使病原菌有機可趁，侵入樹木造成腐朽。

3切口不整齊：如果使用不夠鋒利的器具，或是修剪的手法過於粗魯，沒有將枝條完全平整的切下來，而是折斷或裂斷，造成樹木的切口不整齊，同樣會導致病原菌侵入。

4傷到樹皮：健康的樹皮是樹木最好的防禦衣，可抵禦絕大多數病原菌。修剪時若傷害到樹皮，將使樹暴露於病菌感染的危險中。

5不恰當的修剪時機：修剪應在樹木的休眠期進行。因樹木會在生長期時把大量儲備的養分送到枝條，用來長葉或開花，這時修剪等於剪去了樹木所有的養分，樹木便難以生長。

- **正確作法：在適當季節，以鋒利工具剪除有礙生長與通風的小枝條。**（參見頁263）

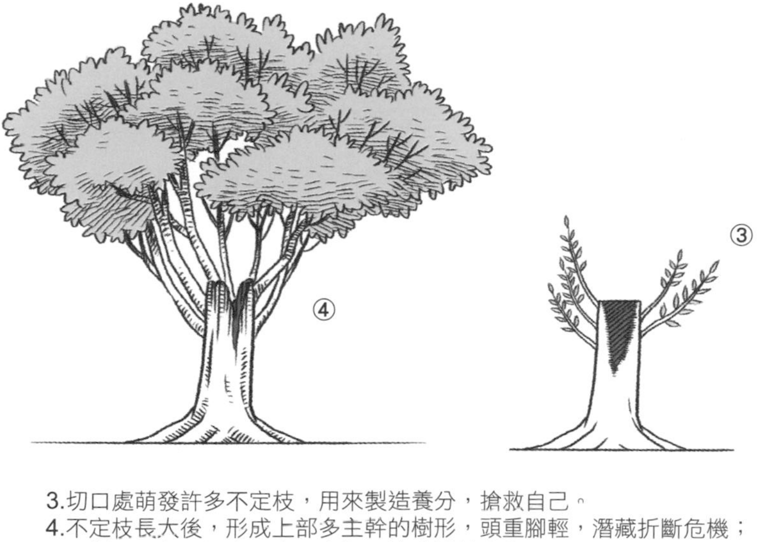

3.切口處萌發許多不定枝，用來製造養分，搶救自己。
4.不定枝長大後，形成上部多主幹的樹形，頭重腳輕，潛藏折斷危機；且樹頂因傷口過大，容易腐朽，造成樹幹空心。

【錯誤9：空間過小】

• 導致問題：生長不良、與人爭道

很多人忽略了樹會不斷生長，常隨意找個地方種下，沒有確認空間是否太過狹窄或高度不足。結果等到樹長大時，樹的枝葉無處可長，害得樹只好傾斜生長，或是彎曲樹幹成不可思議的角度。如果是根無處可伸，讓樹無法穩穩地站立，也無法獲得足夠的養分和水分。

樹要是緊鄰建築或人們經常行走之處，還會被冠上破壞建築、與人爭道的罪名，最後不是被斷頭式的截斷，就是整個被砍掉移除。因此事先評估成樹所需的空間與環境非常必要。

• **正確作法：種樹之前，應先了解樹種的特性、長為成樹所需的空間和時間，提供樹木適當的生長環境。**

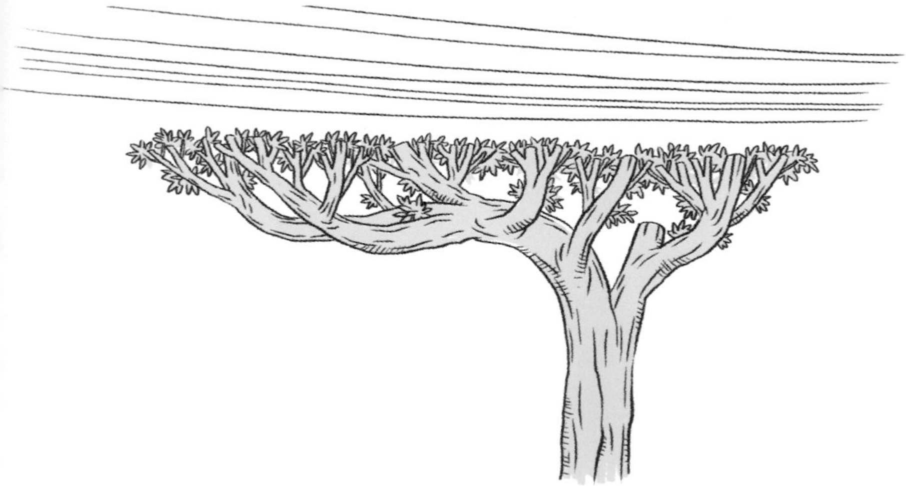

樹枝卡住電線

樹因緊鄰建築而遭砍斷

樹幹包覆欄杆

樹根爬上建築物

【錯誤10：粗暴移植】

• **導致問題**：元氣大傷、生長不良、死亡

樹一旦落地，就會不斷調整自己去適應環境，克服種種侵擾，在原地長成直到年老，然而人類卻常因闢建道路、房屋等需求，將「阻礙」建設的樹木移到他處。若未掌握正確的移植方法，未讓樹木做好準備便強迫它離開原生地，很容易適應不良，從此衰弱或死亡。下列是常見的錯誤移植方式：

1不適當的季節：一般來說，樹木在休眠期比較適合移植，此時樹木蟄伏，生理需求低，不容易損傷。但許多人沒有注意適合移植的季節，只是按照一般工程進度來執行移樹工作，以致樹木在移動過程中元氣大傷。

2砍頭去尾：樹木的體積相當龐大，有的

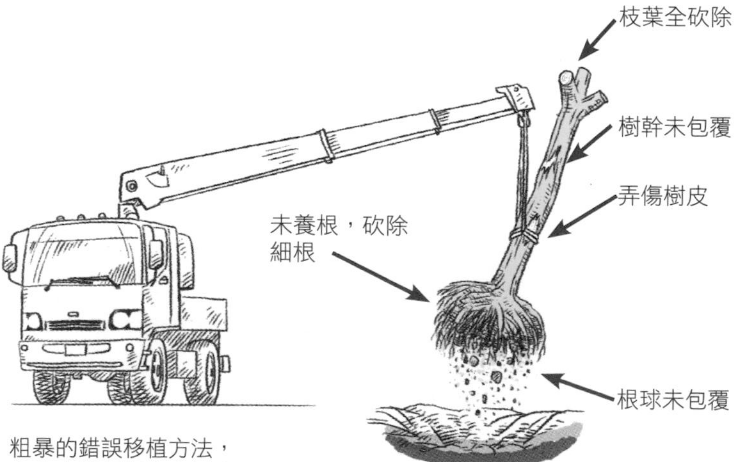

粗暴的錯誤移植方法，
會大大降低樹的存活率。

廠商爲了貪圖運送方便，會把樹木的上半段做斷頭式切除，並將地下錯綜龐雜的根系截斷，修剪成一小團。被切斷頭腳的樹，幾乎不成樹形，彷彿是一截木頭！

斷頭式切除會讓病原菌侵入樹心、樹幹腐爛，而且沒有葉子製造養分供給基本生理的運作。截斷根系，則將主要吸收水分、養分的根毛砍除，樹木失去補充能量的來源。失去營養來源又無法補充，即使移到了適合的地方，樹木也難以存活。

3沒有養根：想讓樹木移植成功的重要關鍵，就是「養根」(參見頁272)，刺激根毛新生在不會被砍除的根系範圍內，這樣移植之後的樹木，馬上可以從根部吸取水分和養分來運用。然而，養根曠日廢時，最少需要一年的時間，大部分的工程都無法暫停一年，等樹把根養好了、移植完成了，再繼續後面未完的工作。因此粗暴地把樹挖起，隨意地把樹種下，就是一般最常見的錯誤移植方式。

4沒有做好包覆保護：移植大樹多半需要吊車等機具，如果沒有事先把樹幹和根部以軟性襯墊包覆起來，很容易在移動過程受到損傷。樹皮擦傷的話，病原菌會侵入樹體；根部如果沒有連泥土包裹起來，不但會讓根受損，而且根系之間的泥土會在搬移時不斷掉落，無法維持根球的完整性，影響移植後的根系生長情況。

- **正確作法：事前養根，並在適當季節斷根，盡量保留全樹冠移植。**

第二章　種樹十堂課

第一堂　樹要種在哪裡？

【找到種樹的土地】

決定種樹之後，最重要的一件事，就是要找到可以種樹的土地。是的，必須要是土地。由於樹是可以不斷生長的生物，根系會不斷延伸，以穩固樹身，因此一般的花盆對樹來說都太過狹小，把樹種在花盆裡，會讓樹很委屈，因此不建議這樣做。

那麼，我們可以把樹種在哪些土地上呢？可分成私有地和公有地兩大類來談。

私有土地：

- **居家院子：**如果你的住家很幸運地有個庭院，那麼千萬不要浪費，只是把它當成堆放雜物或停車的空間，不如好好地種下一棵樹或一片屬於你的小樹林，從這裡重新播下你和自然相互對話、感知的機會。
- **大樓中庭：**許多大樓的中庭多有建商種植的綠化植物，但時日一久，如果乏人照料，植物經常會枯死或成荒蕪一片。這些閒置的花圃或綠地，正好適合來種樹。
- **田地：**傳統上，農人常在田地周遭種植大樹，方便工作之餘遮蔭休息，或用來防風、護田埂等。因此，如果你有一片田地，找個角落種下大樹吧！

公有土地：

除了私人擁有的土地，許多鄰里、村落、社區的閒置公共空間，其實也可以用來種樹，例如：

- **社區廣場：**社區廣場常是社區舉辦活動的場所，如能種幾棵樹，不但能美化社區，也能提供活動時遮蔭。
- **校園：**校園不僅是學童求學之處，也經常是社區居民運動、集會之地，校園的操場、廣場、綠地，都很適合種樹，除綠化、清淨空氣功能，和校內孩童一起長大的大樹，本身就是生命與生態教育的最佳活教材。
- **公園、綠帶：**如果有的社區公園樹木很少，或多是草本園藝植物，可視情況在適當的地方增種幾棵樹木，提升綠化程度，並能爲人爲環境中的生物，提供珍貴的食物來源與棲息空間。
- **人行道：**在人行道種樹有遮蔭與清淨空氣的優點，但路寬二公尺以下的人行道最好不要種樹，或是改種長成後的姿態有如小喬木的原生種灌木，免得空間過小讓樹木生長不良，或發生人與樹爭道的問題。
- **分隔島、高架道路下、槽化島空地：**這些生硬冰冷的道路設施閒置地，可以種樹來美化，也能淨化髒污的空氣。
- **鄰近社區的山坡地：**如果社區正好鄰近山坡地，便能在已被開發破壞過的山坡上種樹，兼具水土保持與綠化的功能。
- **堤防外土地：**台灣大多數的河流兩旁都築

有堤防，堤防內的行水區經常被規劃爲河濱公園。比起籃球場或遊樂設施，在行水區內種樹似乎是對滯洪與環境更好的作法。

- **公共墓園：**墓園裡的陽光充足、土壤肥沃，適合樹木生長。在此種樹可以提供遮蔭，美化環境，一改墓園陰森的氣氛，成爲心靈沉澱的場域。
- **海岸：**鄰近海岸的村里空地，可種上一整片的森林，藉以防風、固沙、防止海岸後退、遮蔭、美化環境、提供生物棲地、提供村民休憩空間……好處很多，但須挑選能適應海邊惡劣環境的樹種。

由於這些地方都屬公有，個人無法擅自處置，如果要種樹，可以向村里長或社區發展協會提出想法，協助向相關政府機構取得許可。

近年來，林務局積極推動「社區林業計畫」，希望社區居民參與森林的自然資源管理，藉以保育生物多樣性，建立永續的社區經營，讓社區民眾和林業機關一起分擔當地自然資源經營的責任，也分享經營的成果。有興趣的社區團體可以透過這個計畫，向林務局申請專案補助，運用在社區樹木的種植、生態調查、生態保育或教育推廣活動，不僅可以增進社區綠美化、改善環境，還能藉此凝聚社區居民、活絡情感，甚至發展社區經濟，一舉數得。詳細申請辦法可上林務局網站查詢。

種形態接近小喬木的原生灌木，它們不會長得非常高，卻也具有樹的優美姿態。

【種樹地點的選擇】

找到土地後，還有一件非常重要的事情要做，就是研判土地的環境與空間是否足夠樹的生長。因爲樹會不停的長高、長大，而且非常長命，不能只以目前樹的大小來判斷，必須預留之後的成長空間。

適合的高度：

不同樹種的成長速度和可長成高度並不一樣，但相同的是會持續的向上長高，因此種樹的地點最好避開高架道、橋樑、屋簷、遮陽板、電纜線……等設施，以免日後樹木破壞這些設施，還使樹木生長受阻，甚至讓樹木遭受不必要的傷害性修剪或砍除。如果空間真的不足以讓一棵大樹成長，建議可以改

與人爲建築之間的距離：

當樹木太過接近房屋、圍牆、欄杆或電線桿等人爲建築設施，樹木不斷向外擴張的根系與枝幹，都會對這些設施造成破壞，也會使得樹木生長不良、歪斜、易倒。因此，種樹時，距離人爲建築最少一定要有三公尺。

兩樹最短距離：

大家都喜歡鬱鬱森森的樹海，但是種植如果過度密集，陽光會被周遭的樹擋住，樹木爲了搶奪陽光，爭相向上長高，使得樹的重心過高，較不穩固，容易傾倒。因此，種植

兩棵以上的樹木時，必須間隔足夠的距離。不同樹種的高度與樹冠大小不同，所需距離也不盡相同，請參見本書附錄一的速查表。

適當的日照處：

樹木生長需要從陽光獲得能量，因此栽植樹木的區域，必須要有適當的陽光照射。依照樹木對陽光需求量的不同，可分爲三類：「全日照型」樹木，需要生長在有直射陽光的地方，接受陽光照射的時間一天之內必須有八小時以上，如烏心石、樟樹；「半日照型」可在有些許遮蔭的地方生長，如山黃梔、樹杞、青剛櫟；「耐陰型」可適應在陰影之下，但並非生長在完全黑暗的地方，它仍需要陽光，只是不必是直射的陽光而已，例如江某。

因此，長時間處在陰影裡的地方，就不適合種植全日照的樹木；反之，毫無遮蔽的空曠環境，則不能栽種半日照或耐陰樹種。種樹前，得先觀察該地的陽光照射狀況。

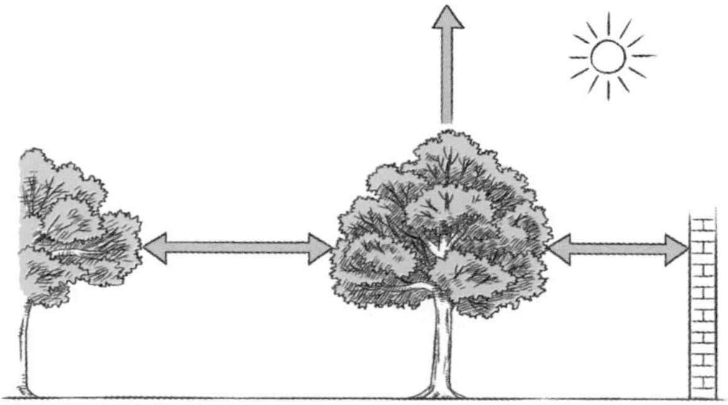

種樹地點須有適合的日照條件，保留足夠生長高度空間，並與建築物和其他樹木保持一定距離。

第二堂

樹從哪裡來？

【樹種的選擇原則】

- **原生種：**台灣原生種的樹木，經過長久的演化，已經相當適應台灣的氣候、土壤、雨量等條件，自然可以生長較好，抗病與抗蟲能力較高，種樹人對它們的管理養護需求相對較少；也沒有對環境的負面影響，更能幫助維繫台灣生物多樣性，所以第一優先當然是選擇原生種。
- **適地適種：**但是，並非只要是原生樹種就能隨意種下，畢竟台灣地形變化多，高山、丘陵、海岸、平原等各有不同；寒帶、溫帶、熱帶、亞熱帶各型氣候皆存，生長在不同環境下的樹木，所需的生長條件也不相同，例如黃槿生長在海濱的乾旱環境，而穗花旗盤腳喜歡潮濕的地方，台灣肖楠則偏好陽光充足的中海拔山區。因此，除選擇台灣原生種之外，還要進一步選擇能適應種樹地區環境的樹種，才能眞正做到「適地適種」。
- **事先觀察：**該如何得知預計種樹地點適合什麼樹呢？建議大家去觀察附近原本自然生長著的樹（非人爲栽植），而且最好是二十年以上的大樹，同時也能看看這種樹的大小、形態等，是否爲自己所喜愛，再來決定到底要種什麼樹。
- **依個人目的：**樹可以提供的功能很多，就看你想要種來純欣賞？遮蔭？還是食用？而欣賞的話，是要賞葉、賞果、賞樹幹、賞花還是聞香？依照你所希望的目的，選擇適合的樹種。

- **依管理維護強度：**每種樹所需的維護照料程度不一，要依照自己的特性來選擇。例如，如果你厭惡掃落葉，那麼就不要選落葉樹種；如果恐懼昆蟲，就要避開容易招惹昆蟲的種類。

【如何獲得樹種】

能夠從種子開始種下一棵樹，看著它一路茁壯成長，是一件非常奇妙又美好的事，因此，鼓勵大家從種子或小苗開始種起，不但樹會長得很健康，它還能成爲我們人生中特別的夥伴。

- **至苗木商購買：**可向各地的苗木資材商購買種子或是小盆苗。
- **向他人索取：**如果親朋好友有種樹，而他們所種的樹，正好也是你所喜愛的，可以請他們留下那棵樹的種子，或是挖掘樹下自然萌發出來的小苗，讓你帶回去種。
- **自行野外採集：**可到附近山林野外，找尋想種的樹，採集它的種子或小苗。
- **向公部門申請免費苗木：**林務局等公家單位爲推廣植樹或綠化，常有免費苗木供民眾索取，可上網或打電話洽詢。

【如何採集樹的種子】

採集時機：

採集種子得在樹木開花、結果之後，並且果實進入熟果期，種子發育已經完成、具備發芽能力的時機。每種樹木的熟果期不盡相同，需先查閱相關的樹木圖鑑或書籍，在適當的時間前往山林或郊野裡尋找你需要的樹木。但每棵樹因爲環境與個體狀況差異，即使是在結果的季節前往，樹上的果實不一定已達成熟，所以，還是要用眼睛觀察檢視，樹上的果實是否已處於成熟的狀態了。依據果實特性，可分成兩種判斷方式：

- **乾性果：**如果果實是少含水分的乾性果實，成熟後會自動裂開，如烏心石、台灣欒樹、青剛櫟、各種豆科樹木的莢果或針

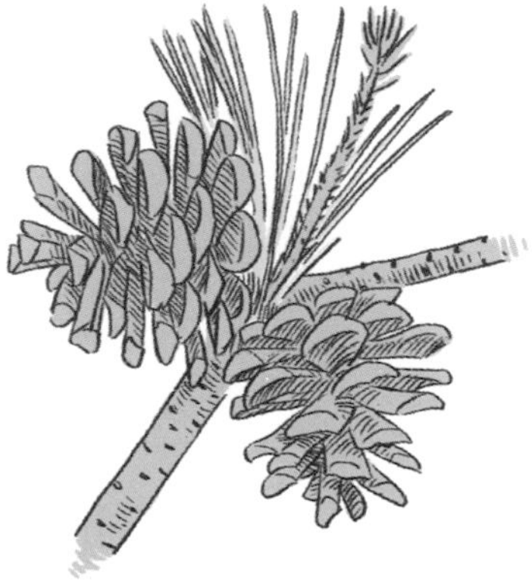

右：乾性果：水分極少，成熟會開裂，如二葉松的毬果。
左：肉質果：含水分和果肉，如櫻花果。

葉樹的毬果等，最佳採集時間是在果實乾燥、變褐色，即將裂開之時。

- **肉質果：**如果是含有果肉的果實，如樟樹、苦楝、龍眼、山櫻花等，如觀察發現果實不再青綠，而是變成黑、黃或紅等較爲鮮豔的色彩，即表示已經成熟，可進行摘採。不同樹種的果實成熟顏色有所差異，可事先查閱相關資料。

採集方式：

- **地面收集：**較大型的果實或種子，成熟掉落後，我們很容易在樹下發現，因此在地上撿拾落果就能採集到種子。有時，甚至還能發現已經發芽的小苗，直接用鐵鏟挖出帶回去，還能省去之後催芽的工作，更爲輕鬆省事。
- **立木採種：**有些果實或種子細小，落地後不易於地面撿拾，就必須直接摘採還在樹上的果實。如果有園藝用的高枝剪，可以站在地面，將高枝剪伸向枝頭，直接剪下果實；或者，可以依靠著樹幹架設輕便的鋁梯或木梯，爬到樹上採集。

取出種子：

採集回來的果實要盡快將種子取出與處理，以免種子腐爛或失去活性。

- **乾性果：**採收後，把果實放在太陽下曬乾，稍加拍打就會裂開，即可取出種子。
- **肉質果：**切開果實，挖出種子，用清水洗去種子上殘留的果肉，再進行風乾。

儲存種子：

種子取出後，如果時節不對，無法立刻種下，可將種子放入密封袋，置於家用冰箱冷藏室中，以低溫乾燥方式保存。不過，有些種子不適合低溫乾藏，例如樟樹，種子會因此休眠，不易發芽。可用濕潤的水苔或濕砂包裹種子，再放入冰箱，就可保有發芽力。

【種子發芽方法資料庫】
台大農藝系郭華仁教授製作的網站，收錄一千五百種以上國內外高等植物種子發芽的基本資料，如發芽溫度、所需時間，發芽促進發法等，是播種時很好的參考。
http://seed.agron.ntu.edu.tw/database/germ.htm

【宜蘭仁山植物園・苗木申請】
http://renshan.e-land.gov.tw/(S(y2n30lukqfotg55uz1wgq1))/botanical-garden.aspx

【農委會林務局・苗木申請】
http://www.forest.gov.tw/0001724

【農委會林務局・社區林業計畫申辦資訊網】
http://communityforestry.forest.gov.tw/Web?ReturnUrl=%2f

立木採種：可以使用高枝剪，或架梯子爬上樹。

第三堂

培育盆苗

【為何要培育盆苗】

拿到樹的種子後，不要直接播種在土地上，最好先種在花盆裡。培育盆苗的好處，是比較方便照顧，不僅容易察看發芽與生長狀況，方便澆水、施肥，還可以輕鬆移動位置，調整光線、溫濕度等環境條件。

等到把小苗養得健康強壯時，再找個最適合它的地方，直接從盆中取出，在土地種下，就能穩穩地扎根長大。

相反的，如果直接把種子種在土地，萬一後來發現位置不佳，想要移動樹的位置，就必須將樹的根系截斷進行移植，這麼一來就會令小樹元氣大傷，生長不良。

【如何播種】

- **選擇播種時機：**每種樹有不同的種子播種季節和適合發芽溫度，播種前需查閱相關資料，並配合氣象預報或自備溫度計，以決定在何時播下種子。
- **調製播種土：**可至園藝店購買排水性、通氣性和保水性良好的培養土，或是自行調配，一般合適播種的培養土成分大約是：「二份腐植土、二份砂土與一份壤土」。
- **播下種子：**將土裝入育苗盆、花盆或一般的淺盆中，先澆一點水，讓土壤濕潤。如果種子較大，可採用「點播法」，在土上挖出約一公分深的小穴，然後將種子放入；如果種子細小，可用「撒播法」，將種子均勻撒於土面。

● **覆土：**播完種子之後，上方撒一層淺淺的細土覆蓋種子。覆土的厚度只要能將種子蓋住即可，不必太厚，以免芽伸不出來。覆完土後，輕輕壓一下土壤，讓種子與土粒接觸。

● **澆水：**接著，輕柔的澆一些水，並將盆子移到陰暗處，因爲大多數的種子要在暗處才會發芽。之後，每天早晨都要澆水一次，保持土壤連續性的濕潤。但動作要輕、要慢，避免水柱太強，將種子沖走，可使用噴霧式的澆水壺。就這樣，靜靜等著種子發芽吧。

播種的方法

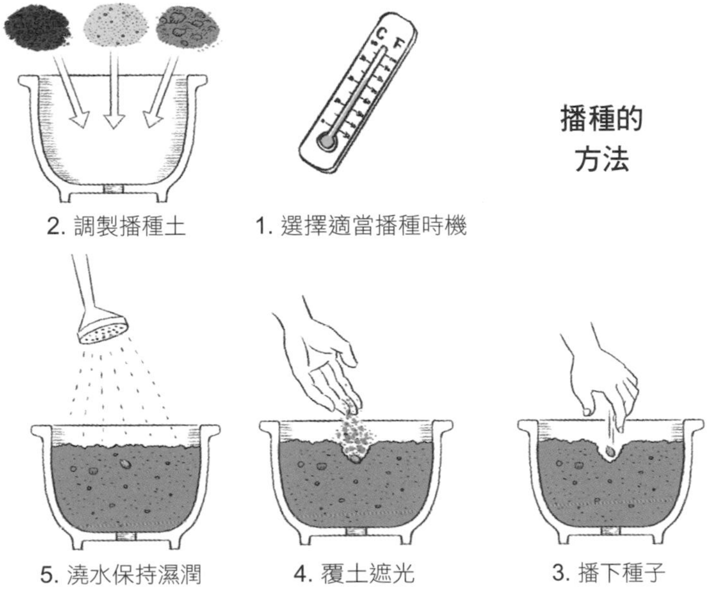

【發芽後的照顧】

- **接受光照：**一旦種子發芽了，就得馬上將花盆移到有陽光照射之處，讓幼苗吸收太陽的能量成長。

但是，過度強烈的陽光也會對柔弱的幼苗造成傷害。可以試著在盆上覆蓋紗網保護幼苗，等到幼苗長出了二至四片本葉，再將紗網移除。

- **觀察幼苗：**當初如果是將好幾顆種子種在一起，要觀察幼苗的葉子是否彼此重疊在一起？如果有重疊，那表示距離太近了，將一些幼苗移到其他地方，讓每株幼苗都有足夠的生長空間。

當幼苗長了五至八片葉子後，如果是用育苗盆或淺盆播種的，記得要將幼苗移到較大較深的花盆種下，否則土壤深度不足以讓幼苗根系伸展，而且一個花盆最好只種一棵幼苗。

- **移入花盆：**移入時，先在最下層的盆底土壤中混入一些有機肥，上方再加入一層培養土，避免幼苗的根系直接接觸到肥料，產生肥害而枯萎。

接著，才放入幼苗。可以用培養土塡充在幼苗四周，直到花盆八分滿，接著稍微壓緊土壤，讓根系與土壤密合，最後再充分澆水即可。

- **放置在適當環境：**最後，將盆苗放置在日照、溫度、濕度等條件都適合它生長的環境之中，按時澆水、照顧，就會慢慢成長茁壯，長成小樹。

第四堂

整地備土

【檢測土壤】

當小樹苗長到一定程度，就應移植到地上種植。種樹之前，檢測種樹地點的土壤是否適合。挖起地表下十公分深的泥土，觀察土的顏色，判斷它的成分與特性。接著抓起一把土，用力握緊再把手掌打開，看看土壤是否呈鬆軟塊狀，再用手輕撥土塊看看是否能散開，若兩個步驟都通過，表示土壤質地適中，排水和透氣性良好。

另外，挖起一塊泥土，放到小容器中，加水使它呈現泥狀，放入一張化工行可買到的廣用試紙，檢測土壤的酸鹼值。綜合上述三項結果，看看土壤成份是否適合你要種的樹

檢測土壤酸鹼值

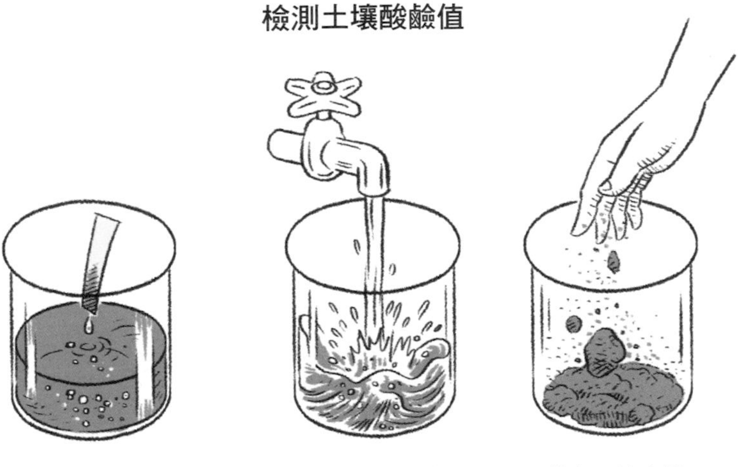

3,將廣用試紙放入泥中檢測

2.加水呈泥狀

1.挖起一塊土壤，放入容器

土壤顏色所含成分對照表

顏色	成分	特性
無色／白色	矽含量高	–
淺色／白色	鈣含量高、鹼性	養分流失
黃色	黏土含量高、含鋁及鐵	缺氧
紅色	含氧化鐵	–
紅色／棕色	含鐵及鎂	–
黑色	富含有機質及養分	能夠保濕

一般土壤檢測標準

項目	合格標準	備註
土壤質地	砂質壤土	–
酸鹼值（pH 值）	5.5-7.5	如果是喜好酸性土的植物，土壤酸鹼值要在 4.0-5.0。
有機質總含量	＞ 20%	以重量來計
腐植質含量	＞ 15%	以體積來計

的特性。如果覺得這樣的檢測不夠精確，可自行購買土壤檢測器，或將土壤樣本送到各縣市農業改良場進行較爲專業的檢測。

【整地】

接著，在預計種樹地點進行整地。如果種植數量和土地面積不大，可選擇使用鐵鏟等工具以人工方式挖掘；範圍較大者，則可考慮租用小型挖土機。整地時，先將表土挖鬆，並向下挖掘到八十公分以上，樹的根才有足夠的空間可以生長。

然後，去除地表或土壤中直徑大於三公分的所有礫石、水泥塊、磁磚、植物根莖、垃圾等雜物。並且，在預計種樹的地點，將該地的地勢稍微堆高一點，以利日後排水，才不會時常積水，造成樹木缺氧。

【改良土壤】

若當初檢測出來的土壤特性不適合所要種植的樹木，就要在這時進行土壤改良。從整好的地上挖起一些土壤，放入大容器內，再依照下列原則，加入適當的改良材料，和原本的土壤攪拌均勻後，放在一旁備用。

三大土壤特性改良原則：

- **質地改良：**如果是黏性的土壤，要加入酸鹼值近中性的河砂，或蛭石、珍珠石、矽藻陶土等；如果是砂質性的土壤，則加入乾淨的壤土來調整。
- **酸鹼值改良：**酸性土加入石灰石粉、苦土石灰、蚵殼粉等來改善；鹼性土則加入酸性肥料或硫磺粉。
- **有機質或腐植質含量不足：**加入完熟的植物性有機肥料來改善。

第五堂
落土種植

【何時落土種植？】

當盆苗歷經兩、三年的生長，或是長到一百至一百五十公分高時，就可以落土種植了。這階段的樹苗發育已經完全，且仍處在生長旺盛期，移到土地種植後，可以養成健壯、抵抗力強、昂然挺立的大樹。

同時，還要配合適合樹木生長的季節來種樹，一般來說，在春天種植比較適合，因為此時樹液開始流動，種下後，樹苗就會立刻迅速生長，存活率高。不過，各種樹木的特性不同，種植前還是要查閱一下相關書籍等資料。

大致上，種植季節可分為落葉樹、針葉常綠樹、闊葉常綠樹三大類來看：

- **落葉樹：**例如台灣欒樹、苦楝、山櫻花等。在落葉休眠期間都可以栽植，春秋都可，但以春天發芽前的時機最好。
- **針葉常綠樹：**如各種松樹、柏樹，理想的種植時間和落葉樹有些類似，一樣是在休眠到萌芽前的時間。
- **闊葉常綠樹：**例如烏心石、樟樹、台灣土肉桂等。宜選擇生長旺季，也就是樹枝上開始萌芽的時節，以空氣濕度較高的春季和雨季，較為合適。

另外，一旦將樹苗從花盆中挖起，越快種下土地，生長狀況越好，因此，最好將全部準備工作（如整地、改善土壤等）都做好後，再把樹苗挖起。

【挖植穴】

植穴就是要放入盆苗之處。植穴的大小會影響到日後樹木生長，挖得太淺，樹木容易傾倒；種得太深，根系吸收不到足夠氧氣，會因缺氧而腐爛。理想的植穴直徑寬度，應比盆苗根球部的直徑大二倍以上，深度則大一・三倍以上，這樣才能使根系舒展不盤繞。植穴形狀要規則，穴壁要垂直，穴底要平坦，但穴壁不要光滑平整，要鑿成粗糙表面，根部之後的生長才能突破壁面，向外拓展。

【植入盆苗】

可在植穴底部加入一些「基肥」，也就是緩效性的有機肥料，例如堆肥、豆餅、油粕等。放完肥料，要記得再鋪上一層土，大約

植穴的大小，寬度應有盆苗根球直徑2倍以上，深度1.3倍以上。

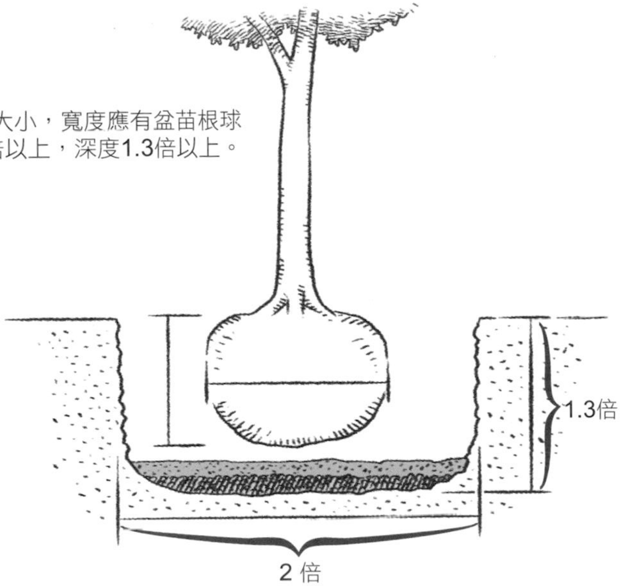

十公分厚，避免根系直接接觸到肥料。然後，將盆苗搬運過來，輕敲花盆四周，將樹苗連同土團一起拔出來，接著將樹苗放入植穴。再將準備好的土壤從四周填入植穴中，並稍微壓緊，使土壤和土團可以緊密接合，讓樹苗可以挺直立著，不會歪斜或傾倒。

【充分澆水】

接著，充分且均勻的澆水，務必讓土團濕透，但不能積水，這樣就完成樹苗的種植了。

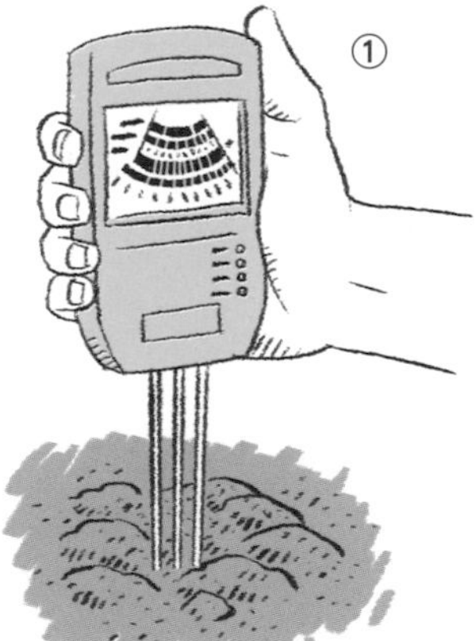

落土種植的方法

1.檢測土壤　2.整地　3.改良土壤　4.挖植穴　5.植入盆苗　6.充分澆水

第六堂 日常照料

【配合生長週期的照料】

樹木照料必須配合它們的生長特性與生長週期，才能有所助益，一般來說植物的生長週期可分為四階段：萌芽期、生長期、開花期、休眠期或生長停滯期。然而，不同種類的樹木，生長週期出現的時節不同。

依照不同性質的樹木，在不同季節的生長週期，我們可以提供的照顧如下：

- **萌芽期**：這時應適量澆水，少量施肥。
- **生長期**：此時生長旺盛，光合作用強烈，樹木正在全力製造養分，讓自己長大，對水分和養分需求較大，應充分澆水，定期施肥。

常綠樹、落葉樹的生長週期				
種類	**春**	**夏**	**秋**	**冬**
低溫性常綠樹 （如樟樹、烏心石）	生長 或開花期	生長 至停滯期	萌芽 或生長期	生長期
高溫性常綠樹 （如茄苳、毛柿）	萌芽 或生長期	生長 或開花期	開花 或結果期	生長停滯期
高溫性落葉樹 （如欖仁、桃花心木）	萌芽 或生長期	生長 或開花期	生長 停滯期	落葉 休眠期
低溫性落葉樹 （如山櫻花、無患子）	萌芽 或開花期	生長期 至停滯期	生長 停滯期	落葉 休眠期

• **開花期：**此時樹木將許多能量都用在產生花苞，光合作用降低，只需要適量的澆水，定期施肥。

• **休眠期或生長停滯期：**此時生長停滯，所需能量不多，應微量澆水，停止施肥。

【澆水與施肥】

澆水原則

• **時間：**一般來說，夏秋天氣較熱，要在氣溫較低的時間澆水，最好是是早上五點至七點之間，最晚不要超過十點之前，下午則在四點之後，而中午陽光正熱時，不適合澆水。春冬時，則可在中午左右，或下午三點前澆水，切忌在夜晚澆水，會讓樹木凍傷。

• **水量：**澆水的重要原則就是「土乾了才澆，澆水要澆透」。每次澆水都應充分，讓水濕透地表的土壤層，這麼一來，才能讓樹木獲得足夠水分，同時也能將新鮮空氣帶入土中。但也不能矯枉過正，爲了澆透而過量使得地表有積水，積水同樣會危害樹木。樹木的澆水量一般每次約十八至二十公升。如果遇到陰天或雨天，可以減少澆水次數，或不澆水，如果天氣乾旱，則應增加次數。

• **頻率：**究竟多久要澆水一次？對於這個問題，無法有一個確切幾天澆一次的答案，要看氣溫、空氣濕度，以及樹木本身對水分的需求高低而定，但可以確定的只有一件事，就是絕對不能天天澆水！過於頻繁的澆水，會讓土壤充滿水分，阻斷空氣進入土壤，根爲了獲得足夠氧氣，就會往地表生長，形成浮根，而深處的根則會因長期泡在水裡而腐爛，容易造成樹木生長不良，以及樹倒的災難。

• **判斷方法：**雖然不一定多久澆一次水，但至少每週要檢查一次，可以用手觸摸樹木底部的土壤狀況，如果乾硬、乾燥、龜裂，那就得澆水了。

同時，用眼觀察一下樹木的葉子，多久沒澆水會出現枯萎、軟垂的缺水狀態，慢慢去掌握這棵樹對水的需求量，就能知道大概多久需澆一次水了。澆水時，應該要緩慢溫和，千萬不能用高壓水柱沖灑，那會造成土壤沖刷流失。

施肥的方法

• **施肥時機：**初落土種植的樹苗，要等它生長已經適應、穩定，新芽萌發後才能施肥。施肥時機要掌握適當的生長期（參見附錄二），才能幫助樹木長得更好。

• **施肥位置：**樹木的吸收根分佈於地表下三十公分深的地方，所以可以把肥料撒在土壤表層，或在樹幹垂直線下的位置，挖個淺穴埋入肥料就可以了。但是，絕對不可以直接在樹下或樹周圍的土裡放置廚餘、果皮、木屑等有機物，因爲它們還未完全成熟，細菌分解這些有機物時，會從土壤吸收氮元素，使得土壤中的氮含量降低，而氮元素卻是植物生長的重要元素；而且，有機物被分解時，會消耗大量氧氣，讓土壤中缺氧。除此之外，未成熟的有機物可能會成爲許多病原菌的繁殖溫床，對樹木的生長也是不利。

如何取得有機肥

- **自製有機肥：**廚餘、果皮、木屑等不能直接埋入樹下的土中，但可以在其他的地方製成有機肥，等成熟後再放到樹下。
- **天然落葉：**在大自然中，樹木落下的葉子，就是最好的肥料來源，因爲落葉中含有氮元素和礦物質，森林中有60%無機質養分是由落葉和落枝提供的。因此，如果可以的話，盡量不要掃掉樹下的落葉，這樣不但可以提供樹木天然的肥料，還能阻擋雨水沖刷土壤，也能避免土壤被人過度踩踏而變硬。若不方便把落葉保留在樹下，也可以將落葉集中起來，在另外的地方製作好堆肥，再放回樹下。

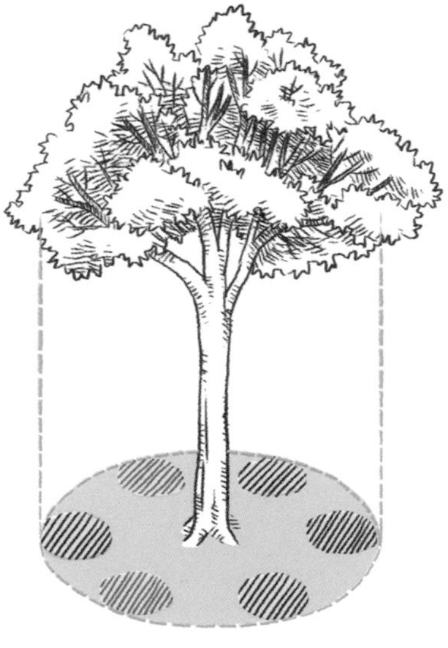

施肥可在樹冠垂直線下的位置，挖個淺穴埋入肥料。

【落葉堆肥製作法】

- 在一小塊空地上，用木板、磚頭或空心磚圍起來。
- 放入落葉，並灑水濕潤。
- 在落葉堆薄薄的鋪上一層廚餘、果皮等，這些物質是高氮材料，可以促進微生物增生，加快落葉的分解速度。
- 蓋上帆布，幫助落葉保溫、保濕，並用重物壓在帆布上，避免帆布被風吹起，也能讓落葉緊密接觸，促進發酵速度。
- 之後，適時的撒一些水，不要讓落葉堆太乾，水量以落葉之間可以看見些微水分爲原則。大約半年之後，堆肥就完成了。

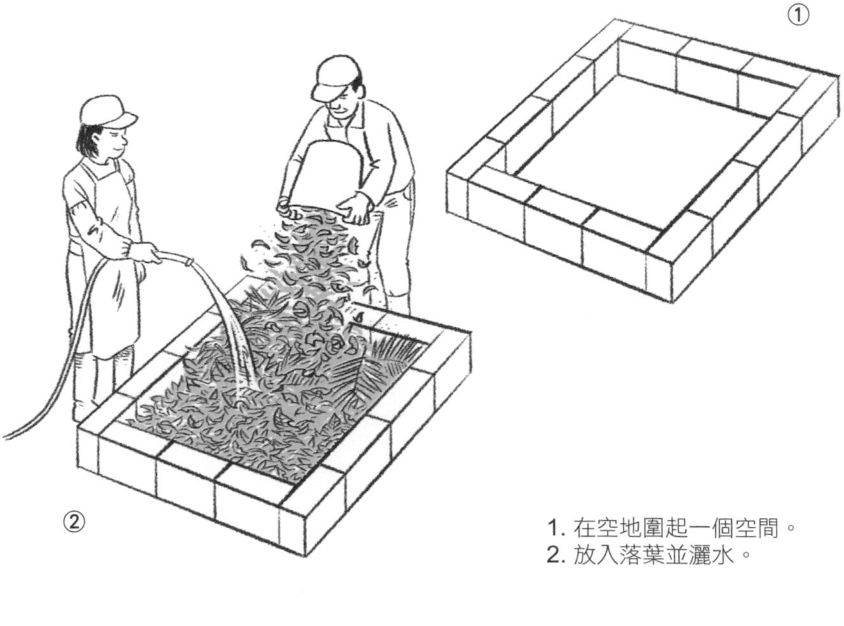

1. 在空地圍起一個空間。
2. 放入落葉並灑水。

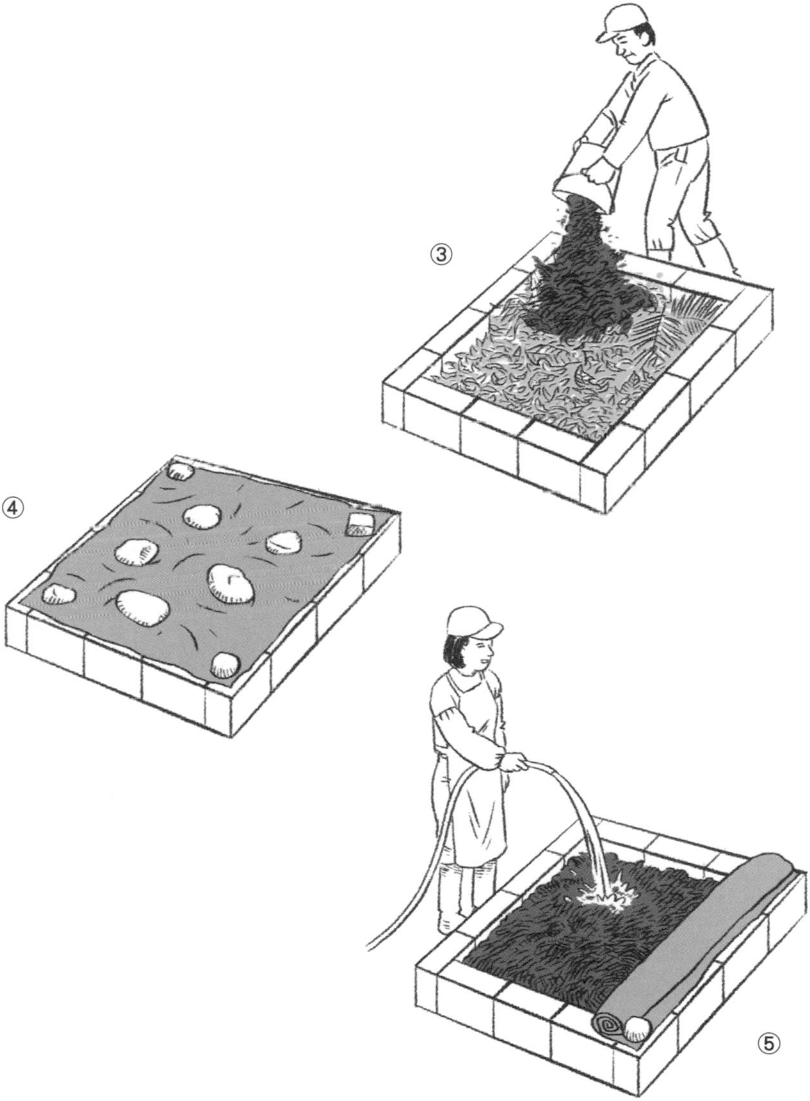

3. 落葉上鋪一層廚餘或果皮。
4. 蓋上帆布並以重物壓上，促進發酵速度。
5. 適時灑水保持濕潤，約半年可熟成。

第七堂

如何修剪樹木

【修剪的目的】

樹木如果生長健康、狀態良好，其實並不需要修剪。一棵樹長期生長在那裡，不斷接受環境中的風、雨等的刺激，身體已經因應環境產生適當的應對變化，例如扭轉枝條增強韌度、傾斜樹身平衡拉力等。原有的樹型與姿態，就是樹適應環境、抵抗風雨等災難的最好狀態。

通常會需要修剪的，多是種植在都市或人爲環境中的樹，因棲地不良，樹的生長受限，才需要利用修剪，減少風的阻力，避免樹木傾倒；減少枝葉，促進通風，避免病蟲害產生；或是想利用修剪控制樹木的高度與寬度（如果當初採適地適種原則，爲樹木找到合適空間，就沒有這種困擾，也就不需修剪了）。

【修剪的時機】

- **休眠期爲宜：**如果需要修剪，必須選在樹木進入「休眠期」的時候（參見附錄）。一般來說，春天不適合修剪，因爲春天時，大多數樹木經過一整個冬天休養後，正要把體內所有儲存的養分都運輸到枝稍，努力長出新葉或花苞，此時修剪，剛好就將飽含能量的枝條剪去，容易造成樹木死亡或樹勢不佳。
- **避免修剪的狀態：**因此，只要樹梢出現嫩葉或花苞，就不適合修剪。

【適合修剪的枝條】

- **避免病蟲害：**如果眞有需要修剪，可剪掉病蟲害枝、枯乾枝、斷枝，以免它們成爲病菌進入樹身的入口。
- **維持完整樹型：**剪掉交叉枝、逆向枝、直立枝、不定枝、下垂枝，好讓樹形完整，枝葉不會互相碰撞、纏繞，維持樹身平衡，保持通風透氣。

【修剪的原則】

- **直徑五公分以上的枝條不剪：**因爲傷口過大，不容易痊癒。修剪的傷口越小，樹木就能越快利用樹皮增長來包覆傷口，讓腐朽菌入侵機率越低，樹木就越能保有健康。
- **傷口要平整：**使用的剪定鋏、鋸子或修枝

適合修剪的樹木枝條

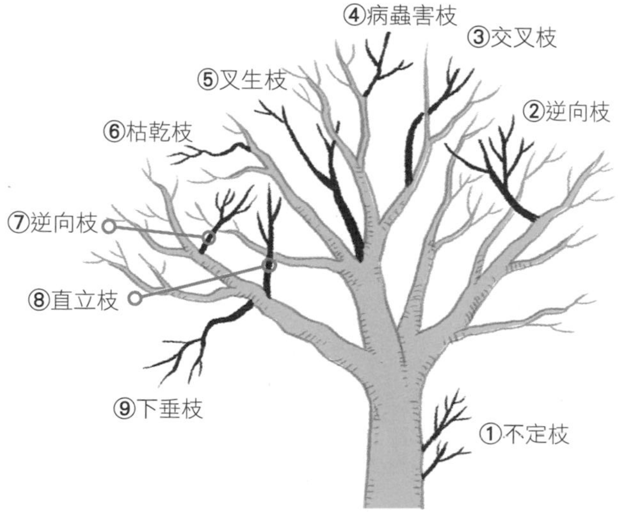

剪等工具，不能生鏽，必須夠鋒利，並運用正確的方式修剪，才能讓傷口的切口面積最小、平整，降低腐朽菌入侵的機率。

- **大主幹勿修：**斷頭式的修剪大主幹，會讓樹木留下極大的傷口，同時失去賴以維生的所有葉子，只能利用之前儲存的養分，造成樹體虛弱，腐朽菌入侵樹心，使得樹幹腐朽、空洞。
- **保留三分之二的樹葉：**樹葉是行光合作用、爲樹木製造養分的重要器官，如果將超過三分之一的樹葉剪掉，會造成樹木衰弱甚至死亡！
- **修剪的位置要正確：**修錯枝條，將破壞樹原有的平衡。而且修剪的位置不能太深或太淺，讓病菌侵入到樹最中心的部位。

【修剪的位置】

- **修剪過淺：**修剪的位置太淺，留下的殘餘枝條太長，這段枝條容易會發生腐朽，最後蔓延進入主樹幹；，同時，這段殘枝也會阻擋樹幹的癒合組織包覆傷口，形成腐朽菌進入的途徑。
- **修剪正確：**適當的修剪位置，保留了枝幹之間的環枝組織，可以讓樹木傷口完全癒合，阻止腐朽菌入侵。
- **修剪過深：**會傷害到連結樹枝和樹幹的「環枝組織」，環枝組織中包含了一部份的樹幹維管束，傷害到環枝組織，等於在樹幹挖了一個洞，幫腐朽菌提供了一個輕易進入樹幹的通道。而且切除環枝組織時，也阻斷了樹木養分與水分的傳輸路徑。

不同修剪位置造成的結果

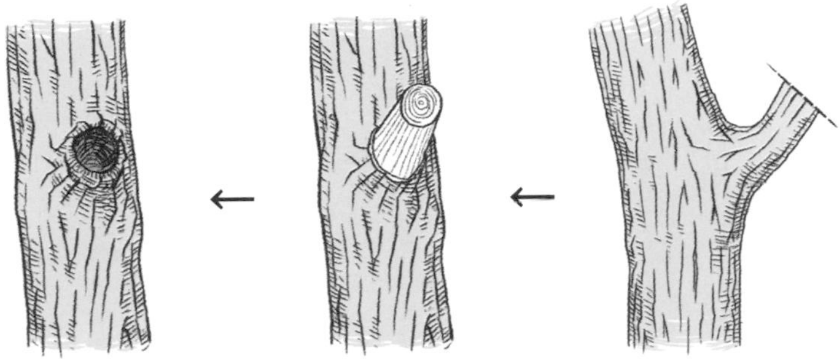

病菌侵入，該處腐爛、空洞。

樹幹的癒傷組織因中間卡著一截長樹枝，無法完全包覆傷口。

修剪過淺

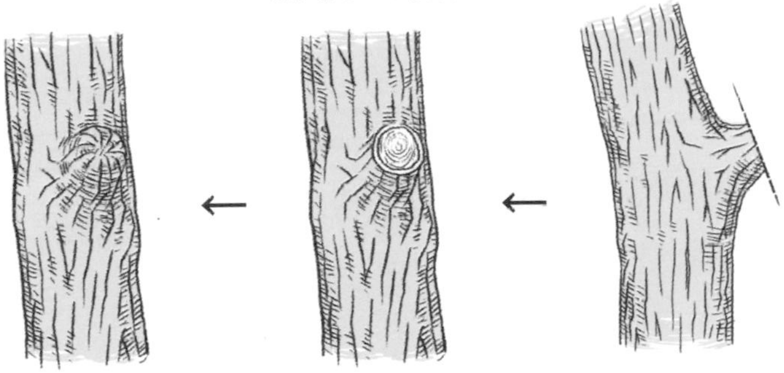

癒傷組織完全包覆傷口。

留下的這截樹枝屬於樹幹的環枝組織，且不會過長。

修剪正確

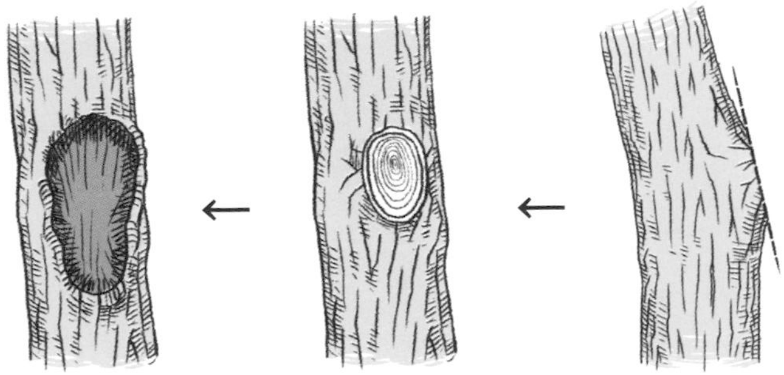

該處腐爛，往樹心蔓延，形成大空洞。

切到環枝組織，樹幹內部暴露，傷口過大，難以癒合。

修剪過深

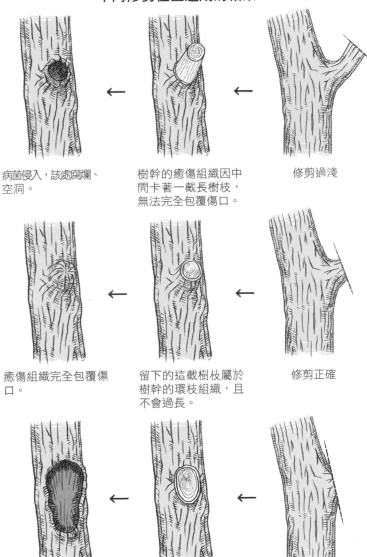

【三段式修剪法】

無論以手鋸或電鋸來修剪樹木，都要溫柔，粗暴的切除常會造成不平整的切口，或是讓切口落在錯誤的位置，傷害到主幹，造成病原菌入侵。尤其是剪除粗大的枝條時，常常在切到一半時，枝條就因本身的重量而折斷，連帶將樹幹的樹皮整個撕扯下來，形成大傷口。建議採用「三段式修剪法」，先將欲修剪的枝條切除掉一部分，減輕枝條的重量，再把傷口切整齊，才不會發生撕扯樹皮的情況，造成樹木的傷害。

- 第一段：和樹幹保持一段距離，由下往上切到一半就停。
- 第二段：在剛剛的切口上方往下切，直到樹枝斷落。
- 第三段：切除多餘的樹枝，但要注意不要切得過深傷害到環枝組織。此時殘餘的樹枝很短，不會在切除時自行折斷，撕扯掉樹皮，而且短短的樹枝也比較輕鬆好切，傷口可以很平整。

三段式修剪法

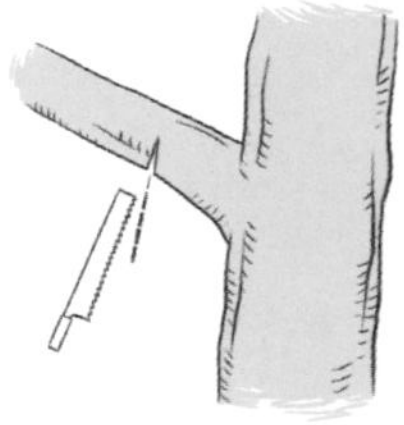

第一段：往上切一半。

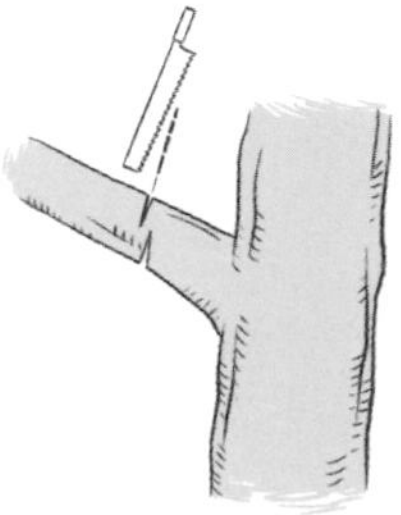

第二段：在切口上方往下切到樹枝斷落。

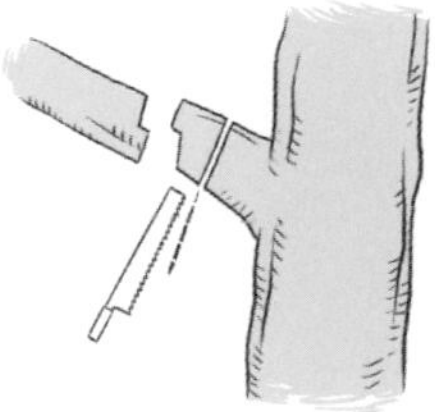

第三段：切除多餘樹枝，不可切得過深。

第八堂

解決蟲害和藤蔓問題

【疫情鑑定】

樹木難免會遭到昆蟲啃食或藤蔓攀爬，但並不是所有的昆蟲和藤蔓都對樹木有害。在自然的森林中，一棵大樹彷彿是一棟公寓，經常住著許多不同的植物或動物房客，它們依附著大樹而生，和大樹共生共存，形成獨具一格、具體而微的生態體系，因此看到大樹上出現昆蟲或藤蔓不需太過緊張，仔細辨認是哪種類型，是否真對大樹有害，再決定是否要將它們清除。

如果樹木真遇到較嚴重的病蟲害，可洽詢林務局的「林木疫情鑑定與資訊中心」網站，可得到較精確的建議。

【昆蟲】

許多昆蟲會啃食樹木的葉片，例如蝶蛾幼蟲、金花蟲、瓢蟲等，但就算葉片被啃光，樹也很少會直接死亡，只要樹的身體夠健康，春天來臨時，休眠芽一生長，又可以長出新的枝葉。而且在大自然中，樹木原本就是牠們的食物與安居的家，還有天敵會抑制牠們的數量。因此，除非是小樹苗或健康不良的樹，遇上了少數數量龐大、且危害嚴重的昆蟲，如介殼蟲等，才需將牠們移除，否則可以不用處理。

【著生植物】

又稱「附生植物」，這類植物固定生長於樹木的枝幹上，常見的著生植物以蕨類植物較多，如台灣山蘇花、崖薑蕨、伏石蕨、腎蕨等，以及多種蘭花。不過，它們都具有葉綠素，能自行光合作用，製造養分養活自己，它們的根系僅附著在樹皮表面，並不會伸入樹木組織內吸取養分，所以不會對樹木構成危害，不需清除。

【寄生植物】

寄生植物會利用特化的「吸器」或根，刺入樹木內部，吸取樹木的養分與水分。台灣大樹上較常見的有大葉桑寄生、椆櫟柿寄生等寄生植物，但這些寄生植物有綠色葉片，必要時也會自己製造養分，對大樹的危害較小，而且它們本身也是蝴蝶或鳥的食物來源，所以不需去除。

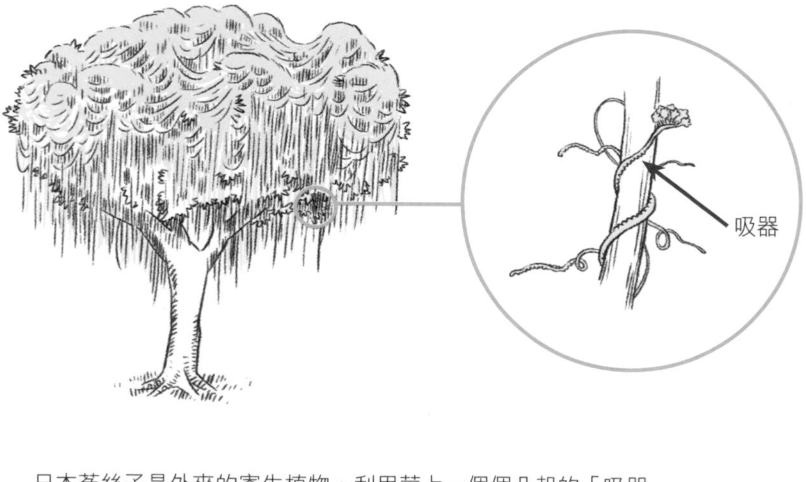

日本菟絲子是外來的寄生植物，利用莖上一個個凸起的「吸器」，刺入樹木吸取水分及養分，嚴重時爬滿整棵樹，讓大樹枯死。

但有種外來的寄生植物——日本菟絲子，它們的葉子退化，莖是黃色的，生長十分迅速，嚴重時可能爬滿整棵樹，樹上有如掛滿了黃色蜘蛛網。由於它們沒有葉綠素，完全依靠吸取大樹的水分與養分為生，使大樹急速衰弱，甚至會枯死。因此，如果發現樹上有日本菟絲子時，就需進行清除工作。

【蔓藤植物】

蔓藤植物一樣生長在樹上，但和著生植物不同之處為，蔓藤植物的根長在樹下土地裡，只是利用氣生根攀爬到樹上，並不會吸取樹木的養分，沒有危害。常見攀爬在樹上的蔓藤植物有台灣原生的風藤、薜荔、拎樹藤等，或園藝種的黃金葛、合果芋等。

小花蔓澤蘭是外來的蔓藤植物，會迅速覆蓋整棵樹，阻斷樹木的陽光和空氣。

不過，台灣近幾年有種外來的蔓藤植物——小花蔓澤蘭，卻會對樹木造成嚴重影響！小花蔓澤蘭生長快速，可迅速將整棵樹都覆蓋住，使得被攀爬的樹木無法獲得足夠陽光和空氣而死亡。

小花蔓澤蘭的種子很輕、有毛，可隨風飄得很遠，迅速蔓延到各處。一旦發現樹上有小花蔓澤蘭的蹤跡，就必須儘速清除，以鐮刀或剪刀剪除，並需找到位於地上的根部，連根一起除去，否則不用幾天，又會重新萌發出來。

但清除工作必須避開十月到二月的開花結果期，以免在清除擾動時，種子大量散發出去，反而擴大了危害。

第九堂

移植樹木

【能不移就不要移】

樹雖不會叫喊，也不會移動，但它確切是活生生的生命。當它從一顆種子落地萌芽之後，便開始不斷感受周遭的陽光、風、雨，努力不懈讓自己長大長高，只為了存活下去。

因此，樹其實是和它周圍的環境緊密連結在一起，將樹搬離原生地點，移植到其他地方，樹木失去了原有的依靠，必須花費很長的時間，進行重新適應與調整。

而且移植本身就會令樹木元氣大傷，讓樹木處在能量不足的狀態，對樹木來說是弊多於利。除非，原本生長的地點非常不理想，且無法改善，同時樹木的生命因此飽受威脅時，才考慮以移植來處理。如果能夠不移植，就盡量不要移植。

【不建議移植的樹】

- **移植後難以存活的樹：**有些樹木不堪移植這樣巨大的變動，恐怕會危及生命，像相思樹、木麻黃等，目前技術上少有成功移植案例，所以最好不要移植。
- **先驅樹種：**如構樹、血桐、山黃麻、白匏子等，經常出現在開闊、陽光充足的裸露地，屬於森林演替過程中最先出現的樹種。它們生長快速，且樹齡一般只有三十年到五十年，移植後存活率低，不建議移植。
- **生長衰弱的樹：**移植樹木有點像是我們人類開刀，會令身體元氣大傷，且術後需耗費大量能量進行復原。因此，原本就已十分虛弱的樹，可能無法撐過移植的大挑戰，使得身體更加衰弱，甚至最後死亡。
- **感染嚴重病蟲害的樹：**移植感染嚴重病蟲害的樹，一來擔心會在移植過程中造成病原擴散，殃及其他無辜的樹。二來擔心感染病蟲害的樹原本就已呈虛弱狀態，移植後可能更難存活，所以最好也不要移植，等病蟲害問題處理完再說。

【林務局林木疫情鑑定與資訊中心】
由林務局製作的網站，提供林木健康問題相關的知識與諮詢服務，如有林木健康問題，可經由網站提出診斷申請，由專業人員提供相關的診斷與防治建議。
http://health.forest.gov.tw/fhsnc/

【農委會林務局・造林木與行道樹修剪】
https://kmweb.coa.gov.tw/subject/mp.asp?mp=316

【移植的時機】

移樹最重要的就是要選擇適當的時節，如果時節不對，不管移植技術有多高強，也難以成功。

- **常綠樹：**以早春萌芽前為宜。
- **落葉樹：**以落葉後休眠期且未萌發新芽前為宜。
- **針葉樹：**以休眠期爲宜，此時樹脂流動較緩慢或停止。

【移植的方法】

移植前先養根：

由於樹木的根系只有最末端的細根才是主要吸水的部位，移植斷根時，常會將細根都砍去。因此，移植前得先養根，讓預定搬移範圍內的根長出細根，移植後就能立刻吸水，爲樹木提供能量，提高存活率。

- **挖掘根球：**寬度以樹幹直徑的四至五倍，深度爲樹幹直徑的一・五至二・五倍，以此爲範圍向下挖掘，將根球範圍外的土壤清除。
- **環狀剝皮：**突出根球的根，如果直徑在三至四公分以下，直接切除。直徑在三至四公分以上的根，則進行「環狀剝皮」，以鋒利的刀片，將突出根球的部分，剝去約十五公分寬的根的外皮（但不可將根切斷），並保持傷口的乾淨與完整。
- **回填泥土：**將根球外的溝槽填入砂質壤土和腐熟堆肥的混合土，然後澆水，促進環狀剝皮部分發出細根。

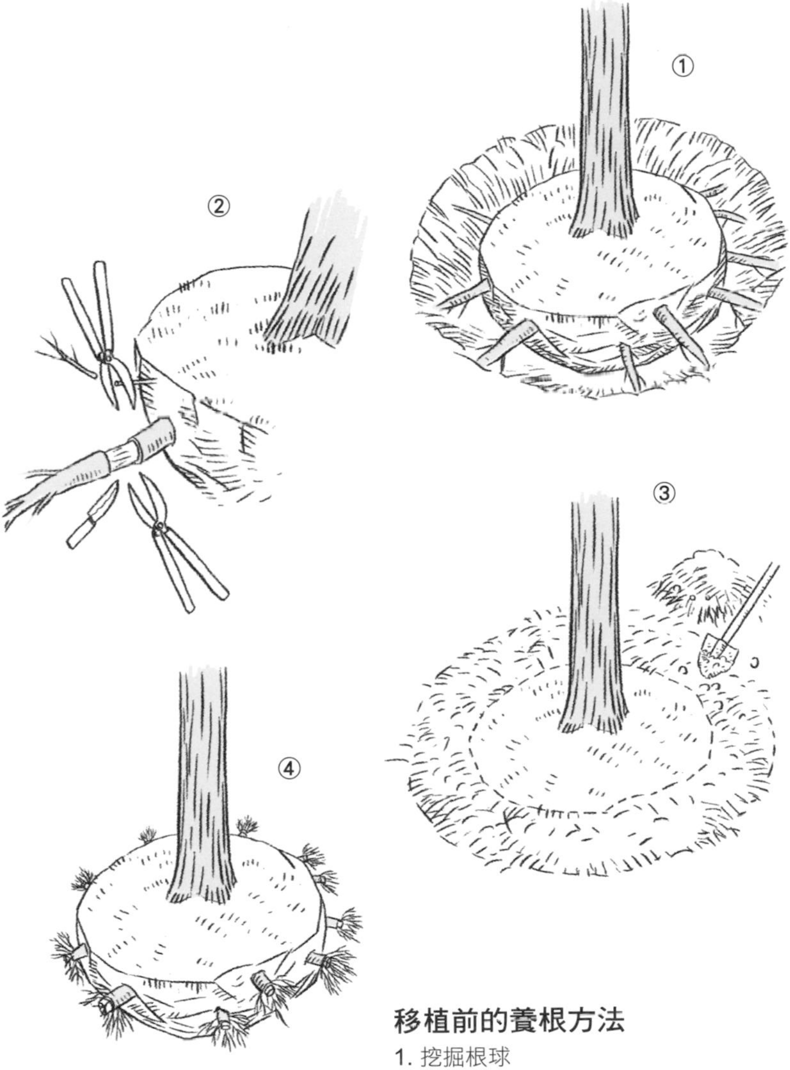

移植前的養根方法

1. 挖掘根球
2. 環狀剝皮：細根切除、 粗根環狀剝皮
3. 回填泥土
4. 等待細根長出

• **等待細根長出：**因現在只剩少數粗根支撐，須以繩子或支架協助穩固樹身，再依照樹木原本應有的照顧作業進行。如果是落葉樹的話，在春季斷根，經過半年，細根都已長好，就可在秋季移植；常綠樹則在春季斷根，要到第二年的春天梅雨期才能進行移植。

爲什麼要將根環狀剝皮？被環狀剝皮的根，因爲傳送養分的形成層中斷，從樹幹傳來的養分都堆積在靠近根基部的剝皮切口處，這些養分會促使切口處發育出新的細根。

然而，被剝皮的另一端，因爲沒有養分供給，逐漸枯死，但中間輸送水分的管道沒被切斷，仍然暢通，依然可以繼續運送從土中

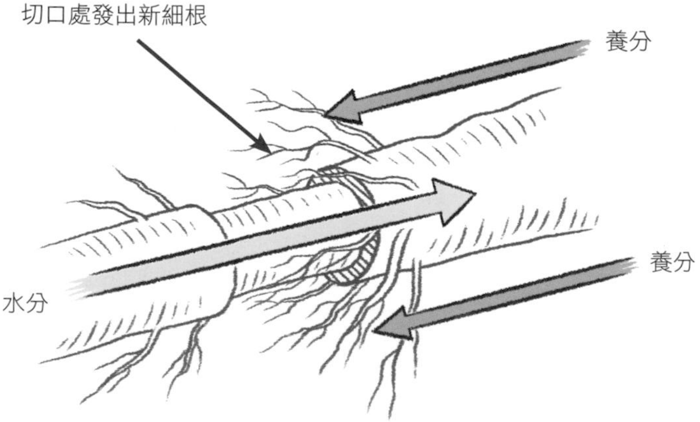

環狀剝皮

樹幹傳來的養分，堆積在切口處，促使發出新細根。
根末端傳來土中的水分和礦物質，供應樹木維持生理運作。

吸取的水分和礦物質等給樹身使用，讓樹木維持生理運作所需，等到要移植時，再從剝皮處切斷。

用這樣方法，樹木移植前的生長不受影響，移植後又擁有能馬上吸收水分的細根，因此能夠確保樹木移植成功。

移植前修剪：

當養根結束，可以進行移植時，先將樹木嫩芽和部分老葉摘除，並剪掉枯枝、病蟲害枝、交叉枝等不良的枝條（參見頁263），只留下青壯的成熟葉片，藉此減少移植時水分散失，並讓樹木在移植後仍有營養來源，提高存活率。絕不能將所有枝葉都剪光，或是斷頭式的大修剪，讓樹有如一根光禿禿的電線桿般，這樣不僅失去樹木原有的美感，更會讓樹木移植之後的生長發生困難，甚至導致樹木死亡。

斷根與根球挖掘：

拆除支架，將根球依照之前設定的範圍挖掘出來，並將根從環狀剝皮處截斷，但要注意不可傷到新長出來的細根。接著以麻繩或草繩確實綑紮根球，防止根球破裂。

做好搬運的保護工作：

以草蓆、麻布、麻繩或其他軟性材質包裹樹幹，避免樹幹在搬運過程中損傷。然後，視樹木大小而定，以人力或機具將樹搬運到貨車上。

挖掘植穴：

在預定移植地點先行挖好植穴，寬度約根球兩倍大，深度爲根球厚度再加二十至三十公分。移入前先將植穴灌滿水觀察排水情形，若積水不退、排水不良，則再挖深三十公分以上，並放入粗礫石改善。最後，在植穴底部放置腐熟堆肥或其他有機質基肥。

將樹木移入植穴：

用吊車或人工將樹木輕輕的垂直放入植穴，讓根球上部略高於地面三至五公分，以免塡土及澆水之後，樹木下陷。然後，將土壤從周邊一層層塡入，用木棒稍微壓實土壤，讓土壤和根系緊密接合。最後，爲樹木充分澆水。

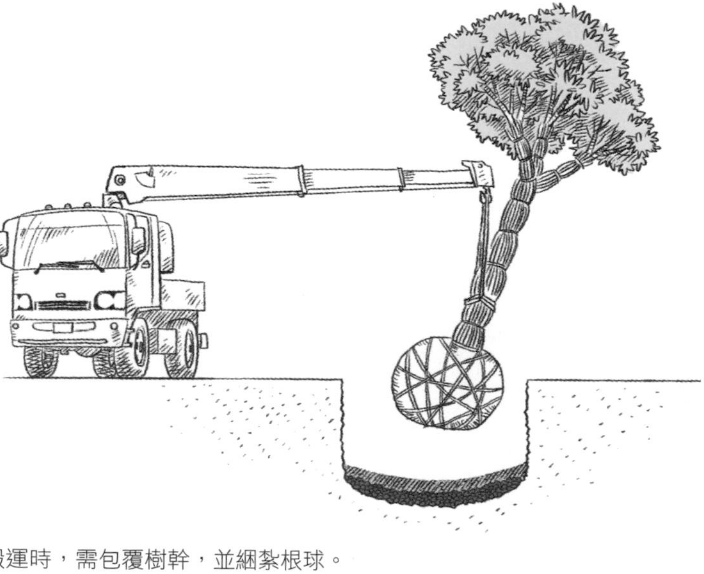

移植搬運時，需包覆樹幹，並綑紮根球。

支架固定：

剛移植的樹木因根系尚未生長完全，可能會因爲強風或其他外力而傾倒或歪斜，影響存活率，因此，可用支架來幫忙固定。支架材料建議選用「桂竹」，不但容易取得，又可自然分解。原則上，一棵樹以三支支架支撐，支架底部需插入土中六十公分以上，頂部以麻繩將支架以四十五至六十度角度綑綁固定在樹幹上，樹幹和支架接觸的部位，要以軟性材料襯墊，以免傷到樹幹。

原則上，一到兩年後，就應拆除支架，不可一直留著，否則會影響樹幹的生長。用手握著樹幹，前後搖晃看看。如果樹木容易晃動，表示根系尚未成長穩定，只好繼續以支架支撐；如果不易搖晃，則可立即拆除支架，讓樹木自行成長茁壯了。

三枝支架位置要平均，
夾角各約120°，其中一枝位在迎風處。

第十堂 大面積造林

如果有能力擁有一片土地，或是可以取得許可在某個區域大面積的造林，那是最好不過了！樹木所具有的功能，將更有效的發揮出來。

【造林的原則和目的】

造林樹種之選擇，以本土原生樹種爲原則，適地適種、營造多樣性複層林；樹種可參考附錄。造林目的，則可從保育性、經濟性、景觀性來考量。

大面積造林的種樹方式，基本上和前述的方法沒有兩樣，只是在栽植方式的規劃、整地與排水設計，需多一點準備工作。

常見的栽植形式

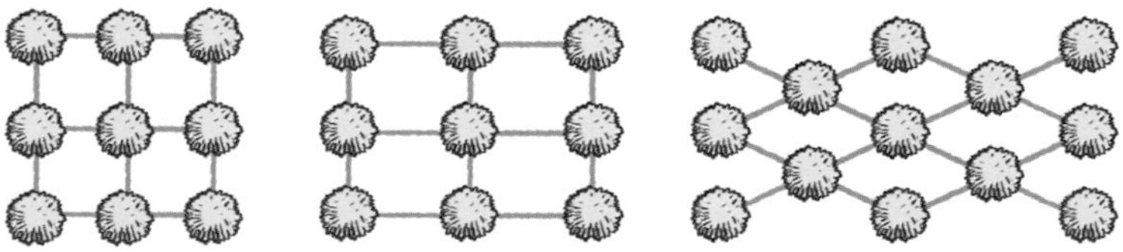

不同植樹形式所需苗木數量計算式	
植樹形式	**苗木株數**
正方形	面積 ／栽植距離 × 栽植距離
長方形	面積 ／ 栽植距離 × 行距
正三角形	（面積 ／ 栽植距離 × 行距）× 1.155

【栽植形式】

● **決定植栽形式：**造林最好避免東種一棵、西種一棵，在事前應有所規劃，先將預定植栽的區域規劃出來。

栽植形式可分成正方形、長方形和三角形，一般情況下，多採正方形和長方形，但如果是種植防風林，則需要密植，採三角形法較能有效阻擋風的吹入。

● **適當的植栽距離：**規劃時，可參閱附錄一速查表中的「最短植距」，決定你希望的栽植距離與行距。

除符合最短栽植距離之外，也要考慮讓適當的陽光照射進林裡，讓地表植物能夠生長，以免林地寸草不生，引起地面沖蝕，水土流失。

【計算所需苗木數量】

● **計算最大所需數量：**一片土地，最多可以種多少株樹木，才能顧及樹木應有的生長空間，又可充分利用空間？

首先，以你希望的栽植距離與行距，先算出一個最小種樹單位所需面積，再將「土地總面積」除以「最小單位面積」，即可得出最大所需樹木數量。

不過，不同植栽形式的計算方式有些微不同，參考右頁列表。

● **評估實際數量：**根據以上算式算出來的結果，再去斟酌希望種植的樹量，以及評估苗木來源是否足夠，或者是否以階段性種植來達成。

【整地】

一般採條狀整地，依據你訂出的栽植距離和行距，開闢一條條寬度約一公尺的植列，也就是要種下樹木的地方，將雜草適度割除、土壤翻鬆，以便造林。

【排水系統】

和少量種樹不同的是，大面積造林必須注意排水系統的設立，並且需在整地時就將排水系統的計畫納入。

整地時，需在植列兩旁安排約百分之一至二的坡度，好將多餘的雨水引導到植列四周的排水溝。排水溝可設置在不同植列的坡度低點，挖掘簡單自然的草溝（弧形淺溝），或是有加蓋的排水溝。排水溝之間需要設置集

大面積植樹多半採條狀整地，適度除草、 翻鬆土壤後，
將之後要種樹的位置先規劃出來。

水井，將水匯集起來，再以暗管連接到排水系統，才能在大量降雨時，將基地的雨水排出，避免植栽區積水，造成土壤含氧量不足，樹木根部窒息死亡。

【照料你的樹林】

一切準備就緒，就可在植列上挖穴把樹苗種入。種下後，要常去林地巡視，查看樹苗的生長情形。若樹苗周邊雜草太高，得適時將草剪短，以免遮住了樹苗的陽光；等樹苗高於雜草八十公分以上，就可以不用除草了。另外，還需留意小樹苗是否有被蔓藤纏繞遮蓋，或遭受病蟲害等。

在這樣悉心照料下，這片樹苗終將蔚然成林，成爲台灣土地與生態的守護者。

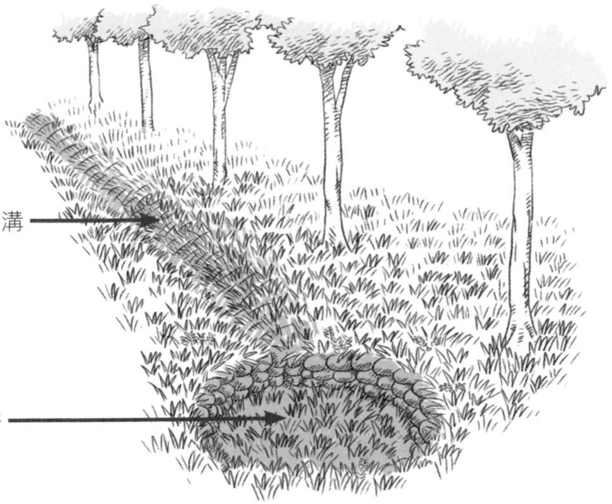

樹的兩旁要挖設排水草溝，並在適當位置設置集水井，井內以暗管將水排放到外部排水系統。

樹高	最短植距	觀賞部位	開花期	熟果期・熟果色	日照類型	繁殖適期	修剪與移植季節
20～30公尺	5～6公尺	花、樹姿	12～3月	10～11月褐色	全日照	3～4月	3～4月（生長旺季）
＞30公尺	6～7公尺	樹姿、清香	2～4月	10～12月紫黑色	全日照	12～3月	3～4月（生長旺季）
10～15公尺	5～6公尺	樹姿、老葉變紅	6～9月	8～12月紫黑色	全日照半日照	2～4月	3～4月（生長旺季）
10～15公尺	5～6公尺	樹姿、葉形、黃花	5～10月	8～12月褐色	全日照	2～4月	3～4月（生長旺季）
20公尺	6～7公尺	樹姿、果實	11～1月	6～8月深褐色	全日照	2～4月	4～5月（生長旺季）
10～15公尺	5～6公尺	樹姿、葉形、堅果	1～3月	12～1月褐色	半日照	12～3月	3～4月（生長旺季）
20公尺	6～7公尺	葉形、葉香	3～5月	10～12月紫黑色	全日照	12～3月	3～4月（生長旺季）
20～30公尺	6～7公尺	樹姿、黃果	4～6月	7～9月橘黃色	全日照	4～10月	4～10月（生長旺季）
10～20公尺	5～6公尺	樹姿、黃花、紅果	4～6月	9～10月紅褐色	全日照	9～10月	不易移植

附錄：台灣原生樹種｜種植與照護資訊速查表

	樹種	類型	原始分佈地	適合栽植環境
常綠闊葉喬木	烏心石 *Michelia compressa*	亞熱帶 常綠闊葉喬木	台灣全島 100～2,200 公尺山區	平地、山坡
	樟樹 *Cinnamomum camphora*	亞熱帶 常綠闊葉喬木	台灣全島平地 至低海拔山區	平地、 山坡、 都市
	杜英 *Elaeocarpus sylvestris*	亞熱帶 常綠闊葉喬木	台灣全島海拔 200～ 1,700 公尺山區	平地、山坡
	黃槿 *Hibiscus tiliaceus*	亞熱帶 常綠闊葉喬木	台灣全島平地 與濱海地區	海濱
	大葉山欖 *Palaquium formosanum*	亞熱帶 常綠闊葉喬木	台灣北部及 南部海岸、蘭嶼	平地、海濱
	青剛櫟 *Quercus glauca*	亞熱帶 常綠闊葉喬木	台灣全島平地 ～海拔 800 公尺山區	平地、山坡
	台灣土肉桂 *Cinnamomum osmophloeum*	亞熱帶 常綠闊葉喬木	台灣全島海拔 400 ～800 公尺山區	平地、山坡
	毛柿 *Diospyros philippinensis*	熱帶 常綠闊葉喬木	台灣東部與南部沿海、 蘭嶼、綠島、龜山島	平地、海濱
	相思樹 *Acacia confusa*	熱帶 常綠闊葉喬木	台灣全島海拔 100 ～600 公尺山區	平地、山坡

樹高	最短植距	觀賞部位	開花期	熟果期・熟果色	日照類型	繁殖適期	修剪與移植季節
20公尺	5～6公尺	古樸樹姿	1～3月	10～11月 紅褐色	全日照	2～4月	12～2月 （休眠期）
20公尺	6～7公尺	樹姿、秋冬黃紅葉	2～3 月	4～8月 褐色	全日照	2～4月	12～2月 （休眠期）
20公尺	5～6公尺	樹姿、黃花、紅果	9～10月	11～12月 褐色	全日照	3～4月	12～2月 （休眠期）
10～15公尺	5～6公尺	樹姿、紫花、橙果	3～4月	10～12月 黃褐色	全日照	2～4月	12～2月 （休眠期）
20公尺	6～7公尺	樹姿、葉形、秋冬紅葉	2～4月	9～11月 褐色	全日照 半日照	2～4月	12～2月 （休眠期）
＞30公尺	7～8公尺	樹姿、葉形、秋冬紅葉	1～4月	9～11月 褐色	全日照	2～4月	12～2月 （休眠期）
20公尺	6～7公尺	樹姿、白花	7～8月	8～10月 褐色	全日照	2～4月	12～2月 （休眠期）
15公尺	5～6公尺	樹姿、秋冬黃葉、果實	4～5月	9～10月 棕色	全日照	2～4月	12～2月 （休眠期）
20～30公尺	6～7公尺	樹姿、葉形、秋天紅葉	6～8月	9～12月 藍紫色	全日照	2～3月	12～2月 （休眠期）
10～15公尺	5～6公尺	樹姿、花、翅果	4～6月	9～10月 褐色	全日照	12～2月	4～5月 （生長旺季）

	樹種	類型	原始分佈地	適合 栽植環境
落葉闊葉喬木	朴樹 *Celtis sinensis*	亞熱帶 落葉闊葉喬木	台灣全島平地 至低海拔山區	平地、山 坡、海濱
	櫸木 *Zelkova serrata*	亞熱帶 落葉闊葉喬木	台灣全島300～2,500 公尺中低海拔山區	平地、山坡
	台灣欒樹 *Koelreuteria henryi*	亞熱帶 落葉闊葉喬木	台灣全島平地 至低海拔山區	平地、山坡
	苦楝 *Melia azedarach*	亞熱帶 落葉闊葉喬木	台灣全島平地 至海拔500公尺山區	平地、山 坡、海濱
	青楓 *Acer serrulatum*	亞熱帶 落葉闊葉喬木	台灣全島300～2,000 公尺山區	平地、山坡
	楓香 *Liquidambar formosana*	亞熱帶 落葉闊葉喬木	台灣全島平地 至海拔 2,000 公尺山區	平地、山坡
	九芎 *Lagerstoemia subcostata*	亞熱帶 落葉闊葉喬木	台灣全島平地 至海拔1,600公尺山區	平地、山坡
	無患子 *Sapindus mukorossii*	亞熱帶 落葉闊葉喬木	台灣全島平地 至海拔1,000公尺山區	平地、山坡
	黃連木 *Pistacia chinensis*	亞熱帶 落葉闊葉喬木	台灣中、南、東部溪谷、 海邊礫石地	平地、山 坡、海濱
	光蠟樹 *Fraxinus formosana*	亞熱帶 半落葉闊葉喬木	台灣北部海拔500～ 1,800公尺；南部700～ 1,800公尺山區	平地、山坡

樹高	最短植距	觀賞部位	開花期	熟果期・熟果色	日照類型	繁殖適期	修剪與移植季節
8～15公尺	5～6公尺	樹姿、花、果	4-5月及9-11月	8～12月土黃色	全日照	3～5月	3～5月（生長旺季）
＞30公尺	8～10公尺	樹姿、果實	1～3月	9～11月褐色	全日照	10～3月	3～5月（生長旺季）
20～30公尺	6～7公尺	樹姿	1～2月	9～10月褐色	全日照半日照	9～10月	12～2月（休眠期）
3～6公尺	3～4公尺	幼葉及成熟葉背金色	12～1月	8～9月紅色	全日照	2～5月	3～11月（生長旺季）
3公尺	3～4公尺	掌狀葉形、橘紅果	5～9月	7～12月黃紅色	耐陰性	3～11月	3～11月（生長旺季）
2～4公尺	2～3公尺	葉形、白花、紫果	3～5月	9～11月紫黑色	全日照半日照	2～5月	3～11月（生長旺季）
2～4公尺	2～3公尺	香花、橘黃果	4～6月	9～12月橘黃色	半日照	2～5月	3～11月（生長旺季）
1～12公尺	3～4公尺	香花、紅果	5～10月	8月～次年6月紅色	全日照	2～3月	耐修剪，全年皆宜／移植爲4～5月（生長旺季）

	樹種	類型	原始分佈地	適合 栽植環境
落葉闊葉喬木	水黃皮 *Pongamia pinnata*	亞熱帶 半落葉闊葉喬木	台灣東部、恆春半島的水邊與濱海地區	平地、海濱
	茄苳 *Bischofia javanica*	熱帶 半落葉闊葉喬木	台灣全島平地到海拔1,500公尺之山區	平地、山坡、海濱
常綠針葉喬木	台灣肖楠 *Calocedrus formosana*	亞熱帶 常綠針葉喬木	台灣全島海拔 300～1,900公尺 山區	平地、山坡
近似小喬木的灌木	金新木薑子 *Neolitsea sericea*	熱帶 常綠闊葉灌木	蘭嶼	平地、 低海拔山區、 海濱
	鵝掌藤 *Schefflera arboricola*	熱帶 常綠闊葉灌木	台灣全島海拔1,800公尺以下山區岩壁上	平地、山區
	厚葉石斑木 *Rhaphiolepis indica*	亞熱帶 常綠闊葉灌木	台灣北部近基隆海濱地區、蘭嶼和綠島	平地、山區
	山黃梔 *Gardenia jasminoides*	熱帶 常綠闊葉灌木	台灣全島 中低海拔地區	平地、山區
	月橘 *Murraya paniculata*	常綠 闊葉灌木	台灣全島平地至 低海拔山區	平地、山區

種樹的詩人

吳晟的呼喚，
和你預約一片綠蔭，一座未來森林。

作　　者　吳　晟｜口述・詩文創作
協　　力　鄒欣寧｜第一部採寫
　　　　　唐炘炘｜第二部彙寫
主　　編　果力文化
攝　　影　許　斌
封面設計　兒　日
內頁插畫　劉鎮豪
內頁排版　高巧怡
行銷企劃　林瑀、陳慧敏
行銷統籌　駱漢琦
營運顧問　郭其彬
業務發行　邱紹溢
果力總編　蔣慧仙
漫遊者總編　李亞南

國家圖書館出版品預行編目(CIP)資料

種樹的詩人：吳晟的呼喚,和你預約一片綠蔭,一座未來森林 / 吳晟口述.詩文創作；鄒欣寧採寫；唐炘炘彙寫.；果力文化主編 -- 初版. -- 臺北市：果力文化, 漫遊者出版：大雁文化發行, 2017.02
288面；15x21　公分
ISBN 978-986-94287-0-5(平裝)
848.6　　105025509

出　　版　果力文化 漫遊者事業股份有限公司
地　　址　台北市松山區復興北路三三一號四樓
電　　話　886-2-27152022
傳　　真　886-2-27152021
讀者服務信箱　service@azothbooks.com
果力Facebook　http://www.facebook.com/revealbooks
漫遊者Facebook　http://www.facebook.com/azothbooks.read
劃撥帳號　50022001
戶　　名　漫遊者文化事業股份有限公司
發　　行　大雁文化事業股份有限公司
地　　址　台北市松山區復興北路三三三號十一樓之四

初版一刷　2017年2月
初版七刷第一次　2022年4月
定　　價　台幣380元
I S B N　978-986-94287-0-5